心想事成二手書店

Das Antiquariat der Träume

拉爾斯・西蒙 Lars Simon——著

麥德文 譯

【推薦序】

斯德哥爾摩，女人與書

——我讀《心想事成二手書店》

詩人．譯者．輔大德文系助理教授／彤雅立

《心想事成二手書店》是臺灣引介德國當代作家拉爾斯．西蒙（Lars Simon, 1968-）的第一本書。小說的輕盈步調與面臨困境時的心靈之重，恰恰反映著眼下這時代許多人的生活。拉爾斯．西蒙生於德國中部黑森邦，後與家人遷居瑞典，那裡的生活激發了他寫出這部小說。小說原來的名字是「夢想的古董雜貨舖」（Das Antiquariat der Träume），描述主角尤安．安德松（Johan Andersson）發生於瑞典的生活經歷。

故事開始於一場波羅地海的船難，結尾則是仿如夢境的真實。尤安．安德松在船上短暫邂逅而後失去的愛人，是來自哥特堡的攝影師黎娜（Lina）。〈序曲〉的開頭，一九八三年那場如惡夢的船難，黎娜消失無蹤。小說的第一部，作者用十六個斷片，帶領我們進入船難發生時，以及之後四年的生活。他等待黎娜、尋找黎娜，從首都斯德哥爾摩搬到小鎮黑俄德卡斯（Hedekas），在那裡開了一家文學咖啡和二手書店，店家的名字，正是瑞典浪漫主義作家維克多．里德柏克（Viktor Rydberg, 1828-1895）的代表作《辛歌瓦拉》（Singoalla, 1857）——黎娜與尤安在于美歐（Umeå）岸上的二手書店閒逛時發現這本書的初版，於是買下來送給尤安作為紀念。收藏古書一直是尤安的興趣，那四年，尤安經營二手書店、一邊療傷，追逐夢想的過程中，他結識新朋友，有了新的經歷，同時沉浸在文學人物與現實生活交織的時光裡。

人生並不時常心想事成，有時甚至事與願違。一個可能是你我那般的人，人生願望無非關於摯愛，以及做喜歡的事情。當我們在大城小鎮之間擺盪，在汪洋與湖水之間流連，那些新的際遇與物事，一點一滴流進我們的生命，變成了生活與記憶的一部分。船難事故的四年後，一封來信促使尤安再度去到斯德哥爾摩，遠離鄉村、回到原來的出版社。第二部其中一個篇章〈斯德哥爾摩，女人與書〉，不僅點出這部小說的題旨，也具體而微地說明了尤安的生活。那是尤安的夢境，也是真實經歷。當尤安失去摯愛，幾個女人經過而後離開；住在大城市裡，他觀察著，也被觀察。孤寂的生活總需要愛來填補，但有些摯愛，卻是永遠無可替代的。

貫串全書的一種動物意象——灰鶴，牠的求偶舞蹈，時不時地提醒我們尤安的等待與孤獨。最後，在北歐仲夏節的篝火盛宴，求偶之舞發生在舞蹈著的人們身上。現代都會生活中，人們汲汲營營，究竟獲得了什麼？對於失去的人與物，我們如何追憶？當有些東西，它失而復得，重新回到了我們身邊，那麼，在物換星移之後的情境下，初心是否依舊？全書的劇情總帶著一點不確切的感受，像是都市人茫然無措、隨波逐流的心境。生命有許多不可控的情節，往往在猝不及防的情況下，真實地發生著，觸摸著我們的感官。那些感覺或許都是真的，然而一如書末所呈現的真實結尾，一些隱瞞與一些巧合，又謎樣地構築了尤安與黎娜的世界。

德國作家少見使用筆名，而拉爾斯・西蒙是何許人也？就其簡歷所透露的，曾經長時間待在科技產業，在瑞典則充當工匠。他的經歷不同於一般作家，生活卻更加貼近人們的想像。他的寫作手法有點像二十世初德語文學時興的斷片式長篇小說，每個故事有著自己的標題，彷彿獨立成篇，其實環環相扣。有時他並不依照時序走，因而拆解了結構，讓眼前的情節如夢一般地流去。許多對話，看似如賈木許的電影絮絮叨叨，最終它成就的是一場關於尤安自己一個人的公路電影。一則一則的斷片，是夢境也是真實。因為真實世界裡，總有一些我們看不見的巧合，正隱隱地帶著我們前往未知而又充滿驚喜的目的地。

你們又再度接近，閃爍不定的形影，之前曾經發出陰沉的目光。

——約翰．沃夫岡．歌德，《浮士德》

序曲

一九八三年九月二十四日，週六

夢境不需要睡眠，可能是好夢也會是惡夢。惡夢讓人動彈不得，更常令人如陷霧裡，不確定自己是睡是醒。

尤安．安德松覺得自己就像被這樣的惡夢網住。強風依舊吹襲，即使暴風雨已經不如幾個鐘頭前那般猛烈。他坐在一堆潮溼的木板上，在松茲瓦爾海港一個倉庫邊。他的腳踝作痛，一定是他從甲板樓梯跳下時扭傷。溼漉漉的衣服讓他發寒，兩個救護人員為他蓋上的兩條毯子也不管用。奇怪的是他幾乎沒感覺到寒冷，也許是因為尤安．安德松神智恍惚，也許是因為寒冷更貼近死亡而非生命。他有如透過一層薄紗感覺周遭的混亂，以及身邊許多哭泣和茫然的人們，他們如何毫無頭緒地在堤岸邊走來走去，有些由醫師、警察或者消防人員陪同。

「波的尼亞灣多年來最嚴重的船難之一，」尤安聽到記者迎風朝著當地新聞臺的毛套麥克風大吼著，記者相較於周遭狀態顯得過度興奮，「已經肆虐北海並且使無數船隻沉沒的颶風**歐蕾拉**，如今它的尾端也向我們襲來。根據當局表示，遊輪**萊克桑德號**的船難造成四十個人受傷，五人喪生。但是海岸巡邏隊不放棄搜救其他存活者，已經派出海上救難船。」

那個男人站立的地方距離事故地點只有幾公尺，注意著要攝影師盡可能拍到慘況，讓他多次轉動，環繞著現場拍攝一圈。

尤安．安德松把眼光轉開，把毛毯裹得更緊，感激地點了點頭，接過一個年輕女士正好遞給他的一杯熱茶。她應該是某個教會組織的人，以主之名服務，至少看起來是這樣。她打氣地微笑著，一邊帶著杯子和茶壺走向其他凍僵的人。

熱熱的茶水滑下喉嚨，終於讓他從體內暖起來的時候，他突然覺得，每喝一口熱水，他就更意識到這一切對他和他的生命意味著什麼。他覺得，這股暖意有如將他從絕緣的模糊狀態拉回現實，把他的夢境以殘忍的方式一幕幕地和真實交織。

人在十度的冷水裡能活多久？就算穿著救生衣或許只能存活一個鐘頭，頂多兩個小時。事故發生在兩個多小時之前。沒指望了。她消失了。沉到水裡了。死了。她再也不會回來。他知道。許多人被救起來，海岸巡邏船從冰冷的水裡拉起幾個人，有些甚至在**萊克桑德號**沉沒之前就被救起來，黎娜不在其中。這時巡邏船又出發了，不過一定只是為了安撫家屬的情緒。

為何她偏偏在撞船之前走回她的船艙，沒留在他身邊？他前往尋找黎娜的時候，一切都太遲了。她曾說，在他們共進晚餐之後，必須對他坦承一些事情。命運通常玩世不恭，他本應留在她身邊，或許還能救她一命。

「**嗨**，我是黎娜，攝影師，哥特堡來的。這個位子有人坐嗎？」她這般自我介紹，然後就在他身邊坐下，甲板餐廳裡僅剩的一個空位。才不過幾天前的事情，就在他們波羅的海巡遊一開始。但他現在有種恍如隔世的感覺，可能因為他在初見面時就知道兩人彼此相屬。他想著她的微笑，她的香氣，她的肌膚，還有及肩的金髮。如今一切都過去了。所有的一切。過去，現在與未來，她什麼都沒留給他，甚至連《辛歌瓦拉》都沒有。幾個小時前，她把書送給他的時候曾是那麼驕傲。真的是沒多久前的事嗎？那是他們一起上岸在于美歐閒逛的時候，她偶然在一家隱蔽的二手書店發現的書。店主是個奇特的怪人，黎娜笑著告訴他，店主有一頭濃密的灰髮，一把亂糟糟的鬍子，滿是皺紋的臉上有雙耀耀生光的眼睛，再加上一個大到不像真的鼻子。

一八五七年維克多．里德柏克經典之作初版，少見又珍貴，有著綠色的亞麻封面，封面燙金壓印顯得精緻，內頁有許多黑白插畫。但最不可思議的是維克多．里德柏克的親筆簽名，這本書是貨真價實的珍寶。

尤安十分感動，他只對黎娜說過一次，他不僅看重現代文學如安伯托．艾可，以及赫曼·赫塞這樣的經典作家，他也沉醉於瑞典浪漫時期，其中就包括維克多·里德柏克的長篇小說。然後他就收到這份大禮！即使他非常開心，卻也怪她因此花了一大筆錢，因為這樣一本書可值不少錢。黎娜相反地只是微微笑著，宣稱她以不成比例的低價取得這本書，也許是這本幾乎無瑕的書上有個不容忽視的損傷，因此才大打折扣——封面中間有個淺淺的、鐮刀狀的裂縫，看起來就像一抹淺笑。尤安大可加以反駁，因為他知道，相較於這本珍稀古書的其他特質，這麼一點小缺陷根本無足輕重。他很了解書，因為他在斯德哥爾摩經營一家出版社，而且多年來都熱中於蒐藏古書。在這幸福的一刻他終究沒說什麼，因為原則上這些都不重要。唯一重要的是黎娜，而她送的這份禮物讓他更愛她。他閉上雙眼，聞著她的香氣，感覺她，吻她……

號角聲粗暴地把他從永逝的未來夢境拉扯出來，尤安抬眼望著，望進冰冷的當下——救難船已經返航。書和黎娜都不見了，他的愛也一去不返。距離尤安只有幾步之遙的當地新聞記者拋下正在訪問的對象，一個顯然很疲憊、而這時更是目瞪口呆的消防員。記者奔跑著，頂著偶爾還很強勁的陣風，跑到船隻停泊的地方，後面拖著他的攝影師和收音師。也許他迫切希望取得更多激起情緒的畫面，但是他失望了。船長搖著頭，一邊用清楚的手勢朝著岸邊堅守的救難人員和警察強調著，救難隊沒有發現其他人。

黎娜還想告訴他什麼重要的事？她曾這麼對他說，臉上並非開心的表情。尤安揪著頭。

他期盼夢境回返，淚水滑下臉頰。

「安德松先生？」他背後傳來聲音。

「我們現在幫您準備了救護車，您可以前往醫院。請您跟我們來，好嗎？」

尤安從木板堆站起來，轉身，他面前站著之前拿毯子給他的救難人員。他點點頭，跟著他們走向救護車。

有時活著比死去更困難。

一切都會改變，一切。

第一部

1. Teil

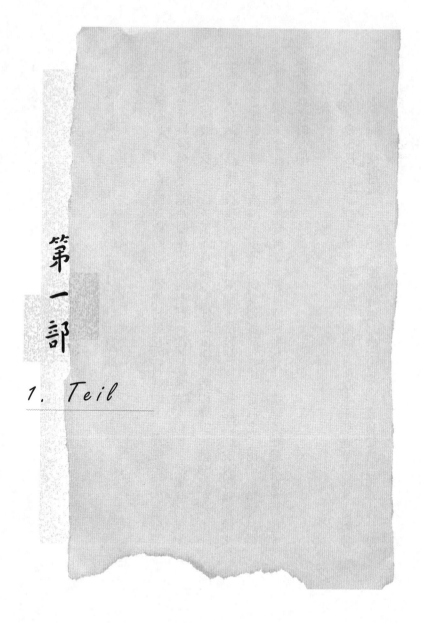

1 灰鶴來晚了

黑俄德卡斯——一九八七年五月二日，星期六

希望不必久候，灰鶴就會回返。牠們總是在四月飛回來。霧從鄰近的雷爾豐湖升起，清晨濛濛亮，開始照耀荒涼的田野，牠們就開始大叫，上演單腳的求愛舞。即使鶴被許多文化賦予正面意義——好比象徵聰明和謹慎，牠的舞蹈卻既不嚴肅也沒有情色意味，只是動人而且殷勤，很難想像公鶴能因此說服母鶴和牠交配。但是這個物種尚未滅絕，這種求偶舞到目前為止一定派上了用場。這種長得高挑的鳥每一隻遲早都會找到伴侶，通常能終生為伴。這是美好還是有些可悲，端看觀察者的心態。

有人敲門。

尤安．安德松看看手錶，轉身離開廚房窗戶，他原本正越過草原望著雷爾豐湖。尤安走向五棵古老、光禿禿的橡樹守衛之處，直挺聳立有如幾百年來沒什麼能輕易讓它們動搖。

門前是阿格妮絲．艾克洛夫，頂著紅紅的臉，手上拿著一個大大的柳條籃子，一如往常地準時。她以她獨有的嚴肅神情打量著尤安。

「早安，」她說著，走過尤安身邊，進到走廊，把籃子放到木頭地板上，脫下鞋子，套上一旁的絨毛拖鞋，「我哥哥要我轉告你，如果復活節早上他能在教堂門口問候你，他會很高興。還有，神的居所大門永遠為你敞開。」

阿格妮絲脫掉大衣，掛到衣櫥裡，圍巾和帽子掛在一邊的掛鉤上。她把烏黑的頭髮高高盤起，讓她看起來蒼老許多；戴著已經褪流行的牛角框眼鏡，為她抹上世紀初男童寄宿學校校長的氣質，這種校長說的話最好不要反駁。但她漂亮、細緻的臉部線條卻又讓人暗暗讚賞。

「謝謝，他人真好，但是聖誕節就夠了——至少我這麼想。」尤安回答她，一面關上門，「咖啡？」

「我只是受託傳話而已。」阿格妮絲敏捷地彎腰，提起籃子，「咖啡？好啊。」

尤安走回廚房，從爐子上方櫃子拿出咖啡壺、濾紙和咖啡罐，然後把水放上爐子。阿格妮絲隨著他走進廚房，把籃子放在廚房桌子上。她小心地用雙手拿出一個圓形磨光水晶玻璃蛋糕罩，放在桌子上，坐到一張能讓她透過格子窗望過原野直到橡樹的椅子上。她默默地把玩手指上的婚戒，眼光卻未從湖邊移開，湖面波浪閃耀地反射中午的日光。阿格妮絲還一直戴著這只金色的紀念品，雖然她的丈夫在幾年前還十分年輕就夭亡，比尤安來到黑俄德卡斯早許多年。自從這悲哀的事情發生以後，她就和哥哥古納爾·貝爾提松還有嫂嫂碧爾吉塔一起住在牧師居所。

可沒這麼容易，很久以前在教堂舉辦的聖誕市集上，牧師喝了幾杯熱紅酒之後對著尤安抱怨。雖然他竭盡職業和個人力量，為他妹妹每天多次祈禱，阿格妮絲近幾年卻越發退縮，雖然年紀還很輕，卻對自己和他人越來越嚴苛。古納爾·貝爾提松繼續說著，他幾乎都快覺得阿格妮絲憎恨所有在她眼裡比她幸福的人，她很清楚自己不應有這種不符基督精神又不道德的情緒，最後就導致她也無法忍受自己。至少她暫時不會更接近上帝。這一點尤其讓牧師難受。

牧師或許因此又點了一杯熱紅酒，即使一旁的太太明顯不悅。喝掉半杯甜膩、高酒精濃度還加了各種香料的酒之後，他終於把話說出口，拜託尤安，問他能不能雇用他妹妹，好讓她改變想法。她雖然經常協助教區事務，但是這麼做還不夠。人畢竟需要有意義而且適當的工作，不是嗎？阿格妮絲勤勞、準時、機靈、可靠且值得信賴，此外她的烘焙技術該死的好（說出「該死的」之際，牧師就像被逮到一樣四處張望）。姑且不論對尤安的莫大好處，古納爾·貝爾提松一邊咀嚼著塗了藍莓起司的胡椒蛋糕一邊強調，這麼一來，至少在明亮的月份裡，他和太太碧爾吉塔每天能少幾小時和阿格妮絲共處，必然能促進他的手足之情，更長時間保持家庭和諧。阿門。

這是整整四年前的事，當時尤安的確正在為他的文學咖啡找幫手，不過他原本屬意二十多歲的女大學生，想在夏天賺點零用錢，腳腿好，名叫蘇珊娜或是克爾絲汀。他還真沒想到來個當時已年近四十的阿格妮絲。

很難從這種情況全身而退，畢竟不是在斯德哥爾摩、馬默還是哥特堡，而是在黑俄德卡斯這樣的小地方。雖然是牧師喝得爛醉才說出口的話，拒絕對牧師伸出值得讚許的援手，根據村落的不成文律法可是犯罪行為，很快就不只是惹人厭，而是窗戶一定立即被石頭擊破，或者至少眾人走避，成為耳語的資材，以及被冷眼看待的犧牲者。尤安於是也好好點了一杯熱紅酒，內心靜靜地嘆口氣，和牧師碰杯，最後答應了：「**乾杯！**」

一切就這麼說定了。

這幾杯熱紅酒之後的春天，阿格妮絲·艾克洛夫除了持續到夏末的教區工作之外，端看氣候和遊客數量，她開始一週多次在尤安的文學咖啡「辛歌瓦拉」幫忙。幸好這個決定後來顯得並沒做錯，因為姑且不論阿格妮絲要求的工資並不高於二十歲的女大學生蘇珊娜或是克爾絲汀，她的腳腿也一樣好，而且證實她的確是個勤勞、準時、機靈、可靠又值得信賴的員工。此外她的烘焙技術確實該死的好，她的兄長說得一點都不誇張。

可惜也沒說錯阿格妮絲的嚴苛和強硬。就好像她決定再也不愛上任何人、事、物，更別說愛上某個男性。她竭盡全力絲毫不被誤會地表明這一切，在萌芽階段就讓任何情感波動窒息而死。她經常做過頭，預先防衛根本尚未發生的事情——有些男人會覺得不舒服，因為他們根本不知道發生了什麼事。這一切和求偶舞有著恰巧相反的徵兆。

水壺開始發出哨音，尤安把水壺從爐子拿起來，把滾燙的水淋到濾杯裡。新鮮咖啡的舒服香氣立刻就散發在房間裡。

阿格妮絲將目光從窗戶轉向尤安，「我不知道，但是這麼冷，我們咖啡館明天重新開始營業一定不會有太多客人。所以我只做了一個蛋糕，蘋果鮮奶油加肉桂。希望合你的意。」五月的第一個週日在瑞典不一定是好天氣，反而經常像個憤怒的二月天，挾著雪片而來。從屋內望去，起初就像無數櫻花瓣在空中飛舞，但是正期盼第一道溫暖的微風吹進門來，就會注意到其實空中飛舞的是冰晶，於是快速把毛織夾克拉鍊拉上。尤安好好感受這種冰冷幾秒鐘，腦子裡看到海洋……然後他振作精神。

「謝謝，阿格妮絲，」他說：「一個美味的蛋糕應該夠了，不夠的話，我們還有餅乾。」他倒了第二回熱水到濾杯裡。

咖啡泡好之後，他倒了兩杯，一杯放在阿格妮絲前面桌上。她喝黑咖啡，尤安加了一點牛奶，然後坐在她對面。

「還有很多準備工作嗎？」她提問，又看出去，越過原野盯著湖面。

「同樣的事，」尤安回答，「每年都一樣。晚一點我還必須整理一疊書，從北邊的舊貨市集帶回來的。」他眼神轉向一邊，越過院子朝二手書店方向望去，書店外牆漆成紅色，有著閃亮的白色山牆和窗框，入口大門是薄荷綠。他買下這座農舍的時候，側邊的建築只是一個大空間，前屋主長時間用來堆放工具、乾草和動物飼料。後來他們不再飼養動物，因此也不再使用穀倉，也就不再維修。漸漸地，房舍傾頹，直到尤安終於把房舍如睡美人般喚醒，裡裡外外整修一番，改建成他的二手書店，鋪上木頭地板，加裝暖氣，營造出非常美好的氣氛。改建持續一整年，但是付出努力和金錢所獲得的價值更高。這間二手書店已經變成尤安的一部分。

「灰鶴還沒來。」阿格妮絲輕聲地說，打斷了他的思緒，她小心啜飲著咖啡：「真奇怪。」

尤安點點頭：「是啊，真奇怪。牠們今年來晚了。還是牠們已經忘了我們？」

「灰鶴來得越晚，帶來的改變就越大。」

尤安忍不住微笑。這期間他已經知道，阿格妮絲不僅虔誠皈依新教，私底下卻也服膺某些古老學說和迷信，讓她的兄弟十分著惱。其實黑俄德卡斯的每個人都知道，但是沒有人公開談論。「這是個好兆頭嗎？」

阿格妮絲凝視著尤安的眼睛，「很可能，灰鶴是代表幸運的鳥，」她輕聲地說：「我們等著看吧……」

2 往昔的香氣

黑俄德卡斯——一九八七年五月二日，星期六

阿格妮絲和尤安工作了整整六個小時，如果不計較中間短暫休息的話。他們熨燙桌布，沖洗盤子和杯子，清掃房間，擦亮餐具，還把五張桌子及搭配的二十張木頭和鐵製折疊椅翻出來，從尤安的二手書店旁儲藏室抬出來，穿過院子，搬到露臺上。他們在露臺上清除椅子上的冬日痕跡，這下子等天氣好的時候，客人就可以坐在老板栗樹蔭下舒適地飲食。老樹護衛地張開枝椏遮著這塊地，如果下雨——在瑞典的夏天並不少見——尤安還可以用吱吱作響的手把，將露臺上方紅白條紋的遮雨篷展開來。

阿格妮絲和尤安最後把菜單分放到桌子上。菜單是尤安親手用墨水寫在厚厚的陽光黃紙上，然後夾進皮套裡。他的書法模仿十九世紀書信，讓菜單顯得十分華麗。不過菜單的內容倒是一目了然，因為只有茶、咖啡、水、檸檬汁和啤酒，以及「當日文學蛋糕」和一道名為「熱佛拉緒」的菜。這是尤安自己發明的名字，

這個名字背後是一道典型的瑞典點心，也就是小香腸淋上番茄醬、芥末和炸洋蔥，喜歡的人還可以搭配馬鈴薯泥，然後一起夾在長條狀的酵母小麵包裡。「佛拉緒」是維吉尼亞．吳爾芙一本傳記小說的書名，小說描述同名的可卡犬[1]的一生。尤安為了紀念這個四隻腳的角色，就給熱狗取了這個名字。畢竟人們可是坐在一家文學咖啡館，旁邊連著二手書店——也可以反過來說——要讓客人意識到這一點。順帶一提，「熱佛拉緒」相當美味，很受人們歡迎——聽說有些人完全是為了這道菜而前來，對文學根本一點興趣都沒有。

準備尾聲，阿格妮絲已經告別，尤安繼續將廚房裡大大的、事先仔細清理過的冰箱從冬眠中喚醒——長年的儀式，這部機器一旦發出低鳴就開季了。他把冰箱塞滿啤酒、檸檬水和白開水之外，明天的「當日文學蛋糕」也放了進去。阿格妮絲滿懷愛意、巧手準備的蘋果鮮奶油肉桂蛋糕，明天的開幕週日他將以「席勒蛋糕」之名供應，藉席勒《威廉．泰爾》劇本之名和其中射蘋果那一幕。

尤安的二手書店聞起來有往昔的香氣。將近四年前，尤安辭去斯德哥爾摩出版社經營股東身分，在黑俄德卡斯買下農舍之後，在主屋翻新之前，他親自整理了另一側的房舍。出版社其他兩個股東，馬格努斯．洛文和佩爾．艾利克松當時並不願意讓他離開——他們器重尤安精準的文學感性，至少像重視他個人一樣。

不過這些都早已成為過去。在二手書店裡清除所有灰塵，擦拭窗戶，拖過木頭地板之後，尤安坐到櫃檯後面，仔細地檢查每一本書，一疊不久前才從舊貨市場購入的書。其中包括一本一九三〇年出版的卡爾・馬克思《資本論》瑞典文初版，他花了將近一千五百克朗[2]買下這本書。雖然黑俄德卡斯極不可能有顧客想買這本書，但這是一本值得重視的時代紀錄，尤安就是放不下。每種形式的書都有自己的命運，最糟也不過是懷著尊嚴一起老去。尤安把這少見的書放進他的藏寶箱裡。他這麼稱呼這只老舊的木箱，上面有著生鏽的鐵件，他把特別少見的珍品收藏在裡面。嚴格說起來這並非真正的藏寶箱——上面連個能用的鎖都沒有，只是個十九世紀的老舊旅行箱，十分笨重，尤安於是在底部安裝了小輪子，好讓他就算沒人幫忙也能移動它。

他把其他新進的書籍標上價格，分別放到書架上。大約一個鐘頭之後他完成工作，最後把一本新藝術時代[3]繪製精美的食譜放到適當位置。

「我原本無法想像自己能忍受黑俄德卡斯這麼久呢，威廉。」尤安嘴裡說著一邊轉身朝向一個方濟會修士，他正站在敞開的二手書店門邊。

1 這是維多利亞時期英國女詩人伊莉莎白・巴雷特・白朗寧的狗。吳爾芙透過可卡犬的眼睛批判現代主義社會生活。

2 目前一克朗約台幣三點二元。

3 Jugendstil，始於一八八〇年，二十世紀初達到顛峰的藝術風潮，代表人物包括慕夏和克林姆等。

被攀談的人穿著一身破爛、粗織的亞麻連帽長袍，頭上是一圈如今已稱不上流行的圓剃頭。他身材高大卻修長，眼神銳利但和善，更多了一分好奇；狹長微彎的鼻子讓人想到猛禽。

「怎麼說？」修士問道，額頭擠出皺紋。

「因為寂寞。」

威廉．巴斯克維爾仁慈地微笑回答：「上帝隨時與您同在。」畫十字。

「我缺的不是上帝。」

「而是女人嗎？」

尤安躊躇著：「不，不是隨便某個女人。」他回答：「也許我缺少幸福和滿足感。並非我過得不好，但是我的生命總是那麼空洞，雖然有你和我的書。抱歉，我必須說得這麼直接。我覺得我的生命只是不斷消磨時間，只不過我不知道，如果我成功耗盡時間，接著會發生什麼事。」

「我雖然是個敬畏上帝的士林哲學家，也是對人類存在充滿興趣的觀察家，但這一切可還不足以提升我成為靈魂和內心的治療師，」威廉．巴斯克維爾如是說，「不過要是您問我，我會說您尚未從過去發生的一切恢復過來。您逃走了，逃離自身。但只要是好事，人就把過往帶著走，有如那是花朵的香氣；相反的如果是壞事，就會像可悲的膿瘡潰瘍臭味揮之不去。」

「我找過她，」尤安說：「四處尋找，整個瑞典都找過，但是我沒找到她。直到我了解她真的死了，我才來到這裡。你稱之為逃避？」

威廉・巴斯克維爾微笑，他的猛禽鼻翼隨著每回呼吸鼓起。「不，尤安・安德松，我的老朋友，您比我更清楚誰是你躲避的敵人。但我想問，要是她早就死了，回到主的庇蔭之下，」——他又畫了十字——「那麼告訴我，您為何還在尋找她？」

尤安不語。

「不管怎樣，」威廉・巴斯克維爾說：「我這廂此刻可要暫時離開您了。我們一定很快再見面，也許等灰鶴回來的時候就會再見了吧？上帝與您同在。」說完他就消失了，速度之快和這一刻的肅穆極不協調，他穿過門，沒入午後陽光的橘色光線裡。

尤安・安德松走出二手書店，把門鎖上。他想好好來杯下班啤酒，書本讓人口渴。和早已死亡，特別是十足虛構的方濟會修士對談更是如此。

一切在船難後不久開始發生，尤安起初沒想到這是因為他豐富的想像力，以及因為他的傾訴需求。但是當小說裡的人物越來越常出現在他面前，而且呈現得越來越清楚，他才明白自己發展出一種確確實實的怪癖（雖然他當時才剛過三十歲）。他去找心理醫師，好排除確實的精神疾病，或者至少由專科醫師加以證明。

3 文學幻覺

斯德哥爾摩——一九八三年十一月中

醫學博士瑪斯聰——看起來——是個經驗豐富的心理醫師和心理創傷學家，穿著白袍，胸前口袋裡插著好幾枝原子筆。此外還戴著細框眼鏡，厚厚的鏡片，閃閃發亮的高禿額頭，再搭配視覺上襯托他醫學技術殊榮的完美山羊鬍子。醫生坐在一張龐大的巧克力棕色皮椅上，扶手大張，一邊沉默聽著尤安的描述。他偶爾點點頭，抽著菸斗，以緩慢心跳頻率持續搖晃著椅背。

心理醫師問尤安，過去這一段時間是否遇到什麼壞事。

尤安說有，然後詳細告訴醫師不過幾星期前發生的船難。還說起黎娜。失去愛人的震驚，伴隨驚慌和死亡恐懼，這些當然絕對足以引起幻覺，是標準的教科書範例，醫師瑪斯聰博士這般解釋，一邊微笑著。可以這麼說，在這種情況下的自言自語實屬正常，也稱為「自我溝通」。尤安知道尤里．米哈伊洛維奇．洛特曼嗎？

不知道。

這個科學家是個愛沙尼亞—俄裔的符號學家，將這種現象稱為「獨自完成的溝通行為」。

尤安表示這個主題一定非常有趣。

瑪斯聽不為所動地繼續說，和「虛構」人物對話卻不同，這並不正常，可以這麼解釋：受傷的心靈尋找出口，協助受創者逃離難以承受的現實。

心理醫師想知道，尤安陷入這種狀態的時候看到的是誰。

尤安聳聳肩說每次都不同，有如對瑪斯聽醫師說明的是最近一次滑雪度假入住的飯店，而非可能很嚴重的心理失調症狀。依他的情緒出現的可能是多利安．葛雷、葛雷哥．山薩還有其他許多人物，有時連長襪皮皮都出現了。不過這些人物都出自他非常珍視的小說，至少是他曾經重視過的書。真特殊。為了佐證這種狀況，尤安繼續敘說，好在還沒出現利奧波德．布盧姆等人物，原因很可能是他覺得《尤里西斯》是有史以來最可怕、最難以卒讀的小說，不管這本書被某些人賦予何種文化史及文學研究意義。

心理醫師停止搖晃他的椅子，匆促擠出微笑卻出現擔憂的神情，寫下一些筆記。一些……

尤安此刻並不清楚瑪斯聽醫師對他所敘述的事實感到震驚還是深感受傷，因為不同於尤安，他可能特別珍視詹姆斯・喬伊斯，於是僅出於報復心態就把尤安送進精神病院。

不過尤安對喬伊斯的尖銳批評似乎並未讓醫生感到困擾，他根本沒有繼續這個話題。瑪斯聰醫生只是對病人說明，他應該對這種症狀採取行動，非常迫切，最好今天就做。他從筆記本抬起頭來，又開始搖擺他的椅子。好比在大自然裡散步會有幫助，鍛鍊身體總是有好處，不過不應超過一定的強度。總體說來，像尤安這種情況應避免沉重心理負擔，或是工作壓力。此外他建議尤安接受藥物治療當作輔助。說完這些話，瑪斯聰醫師從他的巧克力棕色皮椅站起身來，匆忙走向檔案櫃，從裡面抽出兩張表格，然後重新坐回書桌邊。他開始專注地填寫表格。這時尤安注意到，心理醫師書寫時會蠕動雙唇，有如無聲地念著字母。這是否歸因於長年接觸舉止怪異的人？

不久之後瑪斯聰醫師又站起身，遞給尤安一份診斷書，一份各種精神藥物組成的雞尾酒藥單，和一張記著下次門診的便箋。然後他陪著尤安走到門邊，和他握手道別。

還沒走出斯德哥爾摩高級國王島區精緻奠定時期[4]別墅的樓梯間，心理醫師的診所就在這棟建築物四樓，尤安心裡就開始嘀咕。是啊，確實，他依然非常悲傷，不想接受他已經失去黎娜，但是他自言自語，或是和他鍾愛小說裡的主角對話，不都是完全可以理解，而且沒什麼特別的嗎？他終究得向某個人訴說他的痛苦。即使如此，他還相當能集中精神，通常睡得不錯，而且行為舉止一點也沒有變得突兀。至少沒對瑪斯聽醫師以外的人說過。他和小說角色聊天也許只是種特別的自言自語——又有誰不會偶爾自言自語呢？尤里．米哈伊洛維奇．洛特曼一定會認可這個說法。看著鏡子，人就足以成雙。尤安面對的人只不過沒那麼直接，並且分散在好幾個虛構人物身上。那又怎樣？尤安反覆思索，到達一樓，結論：沒什麼。

他推開右邊那道一定有三公尺高而且厚重的木門，走出建築物到貝爾斯加坦。十一月的太陽照射在他身上，尤安閉上眼睛片刻，深呼吸，然後他做了一個決定：他確定自己沒有喪失心神——這顯然不是病理學上的幻覺。也許是種文學幻覺，但是一定沒那麼糟糕。與其用瑪斯聽醫生開的藥物讓理智變得混沌，他寧可尋找黎娜。他們宣稱她已經死亡，但是她從未被找到，再也沒有出現。

但她可能根本沒死，沒有被冰冷的波羅的海吞噬，不像警察隨便宣布的那樣。也許她神奇地被救起來。也許被一艘漁船救起？或是她可能憑藉自身的力量，游

4 Gründerzeit，指的是歐洲在十九世紀隨著工業革命而來的經濟繁榮時期，直到一八七三年股市崩盤為止。這個概念在文化史上通常從一八七〇把時間拉長到一九一四年，常被用來代用「歷史主義」。

到兩萬個小島的其中一個？要是出於同樣理由，就像尤安自從船難之後老是看到某些小說的主角，而她罹患了失憶症，會怎樣呢？對啊，這一切都很有可能，她存活下來，不知道自己是誰，不會嗎？**黎娜·貝倫，二十四歲，哥特堡來的攝影師**。就因為尤安沒在哥特堡找到她，並不表示她就不在其他地方，某個地方，或是在另一個城市，瑞典很大。

尤安把病假單塞進大衣內袋，朝著克羅諾伯格公園的方向走去，他把車停在那附近。他眨著眼迎向春天陽光，一邊撕掉精神藥物處方單，以及那張記著回診時間的紙條，讓細細小小的紙片像那年最後一場雪般飄散在人行道上。

4 芬蘭海岸的遠景

黑俄德卡斯——一九八七年五月二日，星期六

尤安走回他的住處，石礫在他的鞋下作響。還沒完全穿過院子，他整個人突然緊縮了一下。輕而高亢的尖叫聲傳來，像是鳥群發出的聲音，眾聲齊鳴，從遠遠的那一方傳來，卻越來越響。尤安的心跳開始加速。他把頭縮進脖子，望著藍色天空。什麼都看不到，但是嘶鳴聲越來越近。他快步走過院子，繞過房子到廚房那一側，可以看到橡樹和湖的那一邊。他再度屏氣凝神，搜尋著天空。

然後他看到牠們。

五十隻，一百隻，還是更多？牠們形成一個活生生而不對稱的V，歡聲尖叫著向雷爾豐湖移動。接著又是另一個V，在遙遠遙遠的那一邊還有第三個……

無庸置疑，牠們回來了。

他想到阿格妮絲的預言，即將發生巨大變化，她曾言之鑿鑿。突然間尤安相信她的話，卻不知道原因何在。他感覺從灰鶴的鳴叫聲中聽到一首曲子，對他曾

經無比重要的曲子，但是卻再也想不起來。直到此刻。

這意味著什麼？

他完全沒有頭緒。

但是感覺不錯，有如應許他能回到家鄉，久遠之前他被驅離的地方。

第二天早上，尤安．安德松坐著吃早餐，疲累地從廚房窗戶望著午前景象，灰暗又冰冷，細雨。他喝著咖啡的這個時候，整個黑俄德卡斯也許都正前往阿格妮絲兄長的教堂，好去做彌撒。尤安相反地正苦思著，昨晚是什麼如此擾亂他的睡眠。他不知道。也許原因在於今天文學咖啡又要營業，但一定不是唯一的原因。他把杯子放到廚房桌子上，然後把一塊餅乾沾著咖啡放進嘴裡，在上顎用舌頭壓碎、揉磨著變軟的麵團。外面停駐著一隻銀灰色的灰鶴，翅膀拍擊著，開始在岸邊的蘆葦叢裡來回踱步。

突然間尤安呆住，黎娜。

他夢見黎娜。

這時他又想起。

「這個季節如此溫暖又特別晴朗真不尋常！」她逆風對著浪潮聲呼喊著，波浪韻律地拍打船身。「陸地還可以看得很清楚。」

黎娜站在欄杆邊，用手遮著眼睛。她朝東望，完全沉浸於凝望芬蘭海岸。

尤安走向她，「的確，真驚人。我們距離海岸一定有十或十五海里遠。今晚我們就在于美歐了。」

黎娜轉向他，開朗地重複他的話：「十或十五海里遠，了解。」她的微笑迷住了他，好似太陽重新升起。

「好吧，我們就差不多達成一致。」尤安回答，注意到黎娜把他拉起來，他回望她微笑著。

「真是奇特，尤安。」黎娜說。

「妳指的是什麼？」

「我不介意。」

「什麼？」

「你不時有個學究樣。」她笑著。

尤安清了清嗓子：「真包容，貝倫小姐。但我對自己感到驚訝。」

黎娜把墨鏡盡量向前拉，尤安有種感覺，她只會把她的雀斑留在鼻尖上。她越過眼鏡金邊看著他，問道：「驚訝什麼？」

「驚訝我居然接受才剛認識一星期的女性對我毫無敬意。」

黎娜把墨鏡重新推回去，「也許關鍵在女性身上。」

「也許。」尤安說。他猶豫著，嚴肅起來。「因此我一直自問，這位美妙的女性為什麼心無所屬。一切美好得不像真的。」他溫柔地撫著她的頭髮。

黎娜稍微猶豫了一下，瞬間像是被抓到小辮子，然後說：「哎呀，當然不乏追求者，但是我對這些殷殷追求者就是沒興趣。」她把手臂繞著他的頸子：「我們說些別的。」

「聊天氣?可沒那麼誘人。」尤安說。

「我們根本不必說話。」她低聲地說。

一邊說著，她把雙脣貼著他的，吻得那麼激情，一個路過的長者刻意輕咳了一聲。他們兩人看了一下，望著長者的背影。

「他不喜歡親吻？」黎娜提問。

「一定喜歡，」尤安回答：「我想他只是嫉妒。如果我是他就會。」黎娜又笑了起來：「謝謝你的讚美。你想我們何時會在于美歐靠岸？」

「晚餐後吧，」尤安回答，「所以我們還有些時間。」

「時間是關鍵。」黎娜輕聲到有點奇怪。

「什麼意思?」

「就是我說的意思。」她又激情地吻他，尤安覺得一切都在溫暖和安全感當中煙消雲散。雖然他正擁抱著他的夢幻女性，卻也喚醒他內心某種無盡的渴望。

第二天早上，尤安什麼都記不得，此刻有種怪異的空虛感。他試著回味夢中感受到的幸福，但是這種幸福感已經消失。

尤安依舊渴望。灰鶴帶給他的夢把他拉回過去的時光。或者是泡軟的餅乾造成的？他夢到尋找黎娜未果，夢到船難後被送到醫院，以及和瑪斯聽醫師的談話，談話中他第一次聽到愛沙尼亞—俄裔的符號學家尤里·米哈伊洛維奇·洛特曼的名字。然後**萊克桑德號**甲板上那一幕溜進他的夢裡，這般幸福，這般偉大的愛情，他都真實感覺到，就像那一刻從此停住不再流動，好似船難從未發生。

5 視角和視力的問題

斯德哥爾摩——一九八四年一月十五日

他應該先到于美歐還是哥特堡尋找她？尤安．安德松還在醫院的時候就左思右想，甚至出院而且早已回到家之後還一直思考這個問題。他還沒有回去工作，於是有足夠的時間翻閱許多報紙，每天吃早餐前都會去街角的報亭買報紙。大報社很快就做出結論，失蹤的人幾乎不可能在冰冷的海水裡活著被救起——更別提黎娜。報紙自然沒有寫最後這一句話，但是尤安並無懷疑。他雖然不時出現文學幻覺，但光是這樣他還說不上完全瘋狂。和**萊克桑德號**相關的報紙頭條、報導、訪談及專家意見逐漸減少，最後再也沒有人提起，可能單純是再也沒人關注，除了船主投保的公司和受難者家屬之外。

有家八卦大報的記者提出疑問，船難原因是否在於人為疏失，媒體對這個話題的關注才又被短暫炒起。尤安通常對這家報社不屑一顧，但是他買下相關的報刊，況且其他報紙根本一字未提。以充滿質疑的標題：「酒精畢竟是**萊克**

桑德號悲劇的肇因？」以及一篇不甚具體，卻因此更刺激銷售的報導，記者間接認定船長和舵手在航行期間喝太多烈酒，因此忽略了氣象預警，雖然迄今的官方調查都沒有證實這個說法。記者又聲稱這根本不是特例，幾乎是各種海員長久以來的習性。

尤安認為這篇報導惹人反感和輕視，尤其是他從多年前的志願工作經驗得知，即使是嚴謹媒體的報導，也常偏重人為疏失而非機械故障，這樣報導比較有吸引力，比較能增加銷售量。但是這回的不幸事故不需要這種頭條就已經夠可怕了。尤安憤怒至極，以至於給報社寫了一封措詞嚴厲的讀者書信，譴責這篇無恥的垃圾報導。

他在寫信的時候，葛雷哥．山薩給他很多力量——或許尤安正因此從未得到回覆。沒有清楚的原因卻突然變成一隻醜陋甲蟲，這個年輕人的情緒不會很好——必然投射在他給尤安建議的行文走字。但是尤安投書之後感覺輕鬆些。

不久，官方調查委員會的總結報告公布之後，該記者毫無根據的論點也被正式反駁。調查報告指出**萊克桑德號**船難的唯一原因是世紀颶風**歐蕾拉**，它對瑞典和整個斯堪地那維亞半島造成的傷害不僅是船難的五名死者和四十名傷者。

那麼最終的確找到該負責的對象，只不過目前已經扭曲到無法辨識。委員會的報告說這是「悲劇性的災難」，以及「沒有人為疏失的不幸狀態串聯」。

這一切都無法撫慰尤安，但他決定這一回也讓命運來決定，讓命運決定他如何尋找黎娜。一九八四年一月十五日晚上星光明亮，他就著一杯威士忌，把于美歐和哥特堡兩個地名分別寫在一張橫紋筆記紙上，揉成兩團，直到兩個紙團看起來就像同卵雙胞胎為止，然後在缺乏比較好的樂透容器下，擲到一個有著國王夫妻圖樣的醜陋咖啡杯裡。他謹慎地攪和著杯子裡的東西幾秒鐘，然後把杯子放到桌子上，閉上眼睛，用手指抽出其中一個紙團。他打開紙團，把紙撫平。

尤安低聲地念出來：「于美歐。」

有人在他身邊清清嗓子，非常清楚，他知道那是誰，並未過度關注那個抽著菸斗的男人，只是無語地朝男人點個頭，男人也輕敲格紋獵鹿帽，沉默回應尤安的問候。夏洛克．福爾摩斯幾天前首度進入尤安的生命，就在葛雷哥．山薩消失後不久。他聰明，也毫不掩飾他自認聰明。

尤安看著手裡的紙條。所以是于美歐，黎娜閒逛時在一家二手書店為他買下《辛歌瓦拉》的那個城市。他會從這個地方開始尋找黎娜。

他把寫著獲選城市的紙團放回桌上的咖啡杯樂透機，伸手拿起威士忌酒杯，然後他向同桌的友伴致意，對方幾乎整晚動也不動，沉默地陪在他身邊，坐在客廳裡，仔細地觀察尤安。尤安把晚餐剩飯拿到廚房裡不久，他就出現了。

「乾杯，福爾摩斯先生，敬于美歐！天啊，您別一臉我失去理智的樣子，」

尤安對他說：「好，我承認，邏輯和找出我下一個旅行目的地毫無關聯，在您聽起來差不多是瘋了，對吧？身為人，卻任由所謂更高的力量來決定？老天爺，應該立刻去教堂問上帝，不是嗎？但是您看，福爾摩斯先生，我就是不知道哪條路才對，某種程度上覺得這麼做並沒有錯，這才重要不是嗎？晚安，祝您好眠，如果您曾上床睡覺的話。」

尤安再度向倫敦偵探敬酒告別，然後把威士忌喝完，站起身來，關燈，走出去，前往臥室。

他幾乎已經走到門邊的時候，夏洛克．福爾摩斯以他平靜的聲音說：「安德松先生？說句話。」尤安停下腳步，轉過身來。他的視線穿過走廊回望黑濛濛的客廳，只有菸斗的星火洩漏大偵探在場。

「還有什麼事？」尤安問：「請不要生氣，但是我很累，渴望躺到我的床上。還是您對我個人還有什麼不了解的？我知道您一直都在研究我。」

小小的火環亮了一下。尤安幾乎以為能聽到菸斗裡菸草滋滋燃燒的聲音，那麼安靜。

「我知道關於您的必要訊息，」夏洛克．福爾摩斯過了一下子才回答：「但是對我而言，比起您對我的錯誤想法，我對您的認識並不那麼令人憂心。」

「錯誤想法？」尤安驚訝地問他：「您擔心我會錯看您嗎？」

「不，我並不在乎您怎麼看我。我不需要虛榮心，我太聰明了。」夏洛克．福爾摩斯的聲音聽起來像是一邊微笑著：「但是我必須承認，我對您還有點興趣。」

「喔？真的嗎？是這樣嗎？」尤安感到驚訝。他至今未曾察覺這位小說主角可親的一面。

「我向來只說事實，除非我能用謊言阻止或釐清犯罪。您應該知道得很清楚，安德松先生，就我記憶所及，畢竟您總是興奮地讀著我的每一個案子。就算現下不涉及犯罪，至少以我們此刻能判斷的程度還不是。」

「但是我對您的想法和您對我的好感……？」

「誰說起好感了？」福爾摩斯打斷他的話：「我不在乎您和一個變形的角色一起寫讀者信，好比來自卡夫卡那種有病的腦子，您儘管去寫。但是如果您在我們的對話裡用詞精準，就能節省我寶貴的時間，也能對您有限的智力做出莫大貢獻，我們能就這點達成一致嗎？**謝謝**。但是我當然知道您提問的用意何在，也樂於向您解釋。」

尤安把手臂交叉起來：「請說。」

「我如果正確理解您，您認為我應該會對您以抽籤的方式，把尋找黎娜．貝倫女士之旅的起點交由偶然而非邏輯來決定嗤之以鼻，不是嗎？」福爾摩斯刻意停了一下，然後繼續說：「錯得離譜，完全不對，至少不是對這個顯然毫無希望的案子。」

尤安放下手臂，覺得心跳加速（雖然夏洛克·福爾摩斯和他的對話無疑只是想像）。

「我終究只相信親眼所見，」偵探接著說：「和其他大部分人相反，我也**真的**觀察仔細。我親愛的安德松先生，這卻不意味著不會有某些東西是我確實看不到的。這通常是視角和視力的問題，如果您了解我的意思。因此或然率的確實性是零。除此之外的一切只是或多或少確定，但絕不能視為完全確鑿。」

尤安分析整理完偵探的長篇大論之後，他低聲地說：「您提到希望。」

「希望是給祈禱和浪漫主義者用的，」福爾摩斯犀利地回答，「相反的，我提供您精準的指點。您只要運用您的理性，豎起耳朵。」福爾摩斯暫停了一下，然後繼續說下去，聲音裡帶著一絲讓步：「好吧，我換個方式說，讓您也能理解：您不該對貝倫女士為您買下這本特殊的書追根究柢，您應該問，為何偏偏賣給她。」

尤安遲疑著，終究問出口：「二手書店一般不就是把舊書賣給顧客維生的嗎？」

「我親愛的朋友，您的單純只能以您被愛蒙蔽來解釋。」福爾摩斯肯定地說。

「您否認死亡，只因為您不想接受。但是否真的有個二手書商，把那本舊書賣給黎娜·貝倫，您卻未曾以偵探之眼檢視？」

「您這話什麼意思？」

福爾摩斯絕望地哼了一聲：「您推測卻沒有任何證據，您應該用這種手法向蘇格蘭警界討個職位，沒什麼本領的犯罪學家聚集之地。」偵探的呼吸清晰可聞，聽起來不再那麼絕望。然後他接著說：「誰告訴您那是個二手書商？就算有這麼個人，為何他就該有家二手書店？您有任何證據嗎？」

「不是二手書店？沒有書店？那麼她還能從哪裡買到那本《辛歌瓦拉》？」尤安驚訝地問著：「您為何要和我玩這種猜謎遊戲？您不認為我有權獲得有幫助的答案和指示嗎？」

但是亞瑟．柯南．道爾於十九世紀末創造的角色，倫敦來的名偵探，再也沒說什麼。他消失了，就像破曉時消失的鬼魂，即使尤安覺得依舊聞到他甜甜的菸草味。

6 有個大鼻子的小說作家

黑俄德卡斯——一九八七年五月三日，星期天

求偶尖叫聲不停從湖上傳來，要是直接站在岸邊，聽到的可是超響亮、無法長期忍受的不和諧音。從遠方聽來，相反的，卻像是春天的聲音織成蓬鬆的毯子，覆蓋著一切。尤安望向天空，天空蔚藍，無雲，一片光明。然後他有個想法：如果太晚回返的灰鶴果真宣示著變化，那麼很可能不只牽涉重大、命運性的發展，變化也會發生在俗事上，好比牠們該管範圍內的天氣，至少這些灰鶴似乎在這個春天清晨精湛地達成此一任務。文學咖啡重新開張，季節展開，尤安不得不承認，沒有比這更好的日子。晨光甚至溫柔地許諾著夏季即將來臨。

尤安滿意地把手插進口袋裡，信步穿過院子走向屋子，一邊以口哨吹著他不知的旋律。他在廚房煮咖啡，等著阿格妮絲。

她準時在九點到達，從農夫那兒帶來新鮮的牛奶，出乎尤安意料地多帶一個蛋糕。

「柑橘加罌粟籽。」她看到尤安驚訝的眼光時說明。

尤安幫她脫下外套，掛到衣櫥裡。

「我看到今天早晨，天氣美妙得超出我們預期，我就想，要是蛋糕賣完的話可尷尬了。要是最後來的人比想像的多，蛋糕會不夠。所以我就趕快又烤了一個。」

「今天早上？」尤安讚嘆著，一邊給阿格妮絲倒了杯咖啡。

「還是溫熱的。」

「太感謝了。」尤安說著，欣賞地點點頭。「要是沒有妳，我該怎麼辦？」

阿格妮絲動搖地微笑著，喝一口咖啡，把自己藏在咖啡杯後。

「她愛著你呢，你這傻子。」

尤安試著不讓人注意到他所受的驚嚇。他沒聽過這個充滿責備的聲音，卻料到只有自己才聽得見。他盡可能不顯眼地偷瞄著整個空間。

「要叫什麼名字呢？」阿格妮絲問他，一邊把杯子放回碟子上。

這時尤安的眼光穿過開著的廚房門，望進走廊，他瞧見一道陰影，和兩隻皮靴的鞋尖。

「尤安？」阿格妮絲又問。

「呃……什麼？」

「要叫什麼名字?」她把問題重複一次。

「名字?誰?」面對情況不知所措,尤安從阿格妮絲望向陌生人,又從陌生人望向阿格妮絲,困窘地搔了搔下巴。

「對啊,尤安,就說出口吧。您要怎麼叫它?只不過是叫誰呢,**老天?**」走廊裡的聲音問他,然後有個男人走進廚房。

「該死的,你指的是誰?」尤安呼喊著,盯著站到阿格妮絲身後的男人。

「尤安?你怎麼了?」阿格妮絲驚恐地問他:「我說錯了什麼嗎?我只是想知道該怎麼給蛋糕命名。」

陌生人一隻手握住他的劍,另一隻手舉起他的寬邊軟呢帽,帽子上裝飾著一根大羽毛,深深地彎身致意。當他直起身,把帽子戴回滿頭鬈髮上,尤安看到他蓄著落腮鬍,臉上有個明顯不成比例的大鼻子。

「西哈諾.貝格拉克……」尤安目瞪口呆,結結巴巴。

「**是的**,**先生**,為您效勞。」

「西哈諾.貝格拉克?」阿格妮絲說,臉上努力擠出微笑:「我不認識他,但是很好聽。」

「她不認識我?真抱歉啊,」戴著帽子拿著劍的男人和善地說:「至少她喜歡我的名字。其實這已經超出對大部分女性所能期待,不管是哪個階級的女性。」

「呃……什麼？」尤安轉向阿格妮絲。

「告訴我，你喝醉了嗎？」阿格妮絲回應他，瞇起眼睛。

「**哎呀呀**，現在可得謹慎回答，否則您馬上只剩蛋糕而孤身一人了，店主先生。」西哈諾．貝格拉克顯然努力克制自己。

「喝醉？沒有，當然沒有。」尤安對阿格妮絲說。

「我只是……在想事情，抱歉。對，我們就把蛋糕命名為『西哈諾．貝格拉克』，我就是這個意思，真是個好主意。」

「誰又是這位西哈諾．貝格拉克呢？」阿格妮絲想知道。

尤安飛快看了一眼對話的主體：「他的名字其實是黑克托．薩維尼昂．西哈諾，是法國十七世紀的貴族，也是個知名的作家，大可以說他比朱爾．凡爾納早許多年奠定科幻小說這個文類。此外他也是個自由主義者，思想奔放，根據傳說，他的劍術無比高超。後來他還把自己的故事撰寫成書，因此他既是個作家也是個文學人物。」

「聽起來真浪漫。」阿格妮絲有些陶醉地說。

「而且他有個超大的鼻子，但是不能當著他的面說出來，不然就會被他用劍刺死。」尤安補了幾句。

「**老天爺！**時至今日依然算數！」西哈諾激動地說，電閃之間拔出他的武器，在阿格妮絲頭頂上方朝著尤安。

「那我們的蛋糕為什麼要以他命名呢?」阿格妮絲發出疑問。

尤安稍微想了一下,然後回答:「因為上面的橘子看起來就像半月,而他最著名的小說之一就和月球之旅[5]有關。」

「救援成功,我承認。好吧,就原諒你,」西哈諾·貝格拉克大氣地說,顯然沒有架子。「就這一次。」然後收起他的劍。

阿格妮絲這時已經喝完咖啡,站起身來,西哈諾急忙在她身後讓出空間,敏捷地跳向一邊。

「我出去鋪桌子。」她說著,把廚房椅子推到桌子下。

「是,好,我等會兒就過去。」尤安對這怪異的情境還有些手足無措,看著她的背影。阿格妮絲在走道穿上鞋子,然後安靜地往咖啡店的方向走出去。

西哈諾·貝格拉克又把桌下的椅子拉出來,阿格妮絲剛坐的那張,大剌剌地坐上去,觀察著屋主。

「您想怎樣?」尤安詢問這個大鼻子小說家。

5 他所著的《月世界旅行記》(Histoire comique des etats et empires de la lune)在他逝世後於一六五七年發表。

「我來是為了告訴您，這位女士愛著您——您卻問我想怎樣？」

「您怎麼會生出這種想法？根本是無稽之談！阿格妮絲是牧師的守寡妹妹，而且比我稍微年長一些。」

「容我指出，您不只瞎了，還是個笨蛋。守寡的牧師妹妹就不能戀愛？」

尤安失措地皺起臉來，稍想了一下說：「可以，當然……」

「您看！」

「就算您說的沒什麼不對，阿格妮絲一定感覺到我並不愛她，我們之間不會有結果。」

「這有什麼關係？真愛沒有任何條件。告訴我：一個女人愛上不愛自己的男人，和一個愛著死去女人的男人，對方永遠安息在海底潮溼的墓穴裡，哪一個比較笨？」

尤安被激怒：「該死的我再問一次，究竟是誰派您來的？」

「派來？**我**？」西哈諾顯然吃驚地問：「噢，您不知道嗎？」

「不知道，該死的，不然我幹嘛問呢？」

「嗯，許多人質問已知的事情，只為了再次確認。」

「我不是這種人！」尤安激動起來，朝西哈諾跨了一步。

對方疾速地從椅子站起，微笑著把手伸向腰帶，「別忘了，我不僅佩劍，還很會使劍。」

「我將是第一個在現實世界裡被文學角色殺死的人。」尤安說著，但為了確保萬一還是和對方保持一點距離。

「您想真實感受一下我的劍刃嗎？除此之外，我不在乎您以為我是誰。」西哈諾·貝格拉克堅定不移地盯著尤安：「您最好理解我代表的意義，也就是愛以及生死奮戰。我想這兩件事只在初看時完全不同，其實經常被相提並論，在我的時代明顯許多。不像您所在這個缺乏英雄勇氣的可悲現代，要是您想知道我的看法。您想知道誰派我來的？我會透露……」

這一刻，屋門被打開，阿格妮絲出現在走道裡：「尤安，抱歉，但是如果你現在能過來一下比較好。我一個人沒辦法移動外面的桌子，第一批客人可能在一小時內就會出現。」

「好，當然，」尤安大聲回應：「再等一下，我……」他轉向廚房裡的客人，西哈諾·貝格拉克卻已經消失。

7 樺木之城

于美歐——一九八三年九月二十四日，週六

「于美歐建城之初並不幸運，這個城市二度慘遭大火，大部分都被摧毀。」不乏戲劇天分的導遊一邊說明，一邊用誇大的手勢越過一小群遊客頭頂指著，黎娜和尤安也在其中。導遊把二十多名遊客帶到氣勢磅礴的城市教堂前，其中大部分是**萊克桑德號**乘客。此前他們先搭巴士從停泊處前往城中心。

黎娜倚著尤安，握著他的手。她把萊卡M5，她最自豪的相機，掛在脖子上，太陽異常溫暖地在藍色九月天空照耀著。尤安很快樂，黎娜也是——他感覺得到。

「第一場大火是俄國軍隊在十八世紀初點燃，」城市導遊繼續說：「第二場火災發生在十九世紀末。于美歐幾乎二度完全重建，說明居民的勤勉。可惜的是，出於這個因素，如您即將看到的，除了少數保存下來的名勝，只有極少數建築物年齡超過九十年。這個城市甚至沒有像樣的老城區。」他指向天空，朝向紅磚教堂尖塔頂端：「這個教堂也是同樣的情況，雖然看起來可能比較老，卻是在一八九四年才落成。雖然缺少歷史中心，于美歐並非毫無魅力的城市，恰巧相反。好比第二次大火之後，該城種植了超過三千棵樺樹，于美歐至今都還因此而聞名。這些樹木有許多沿著寬闊的大道種植，這些大道被當作防火道，貫穿整個城市。因此人們也非常浪漫地稱于美歐為『樺木之城』。」

遊客們一片輕聲地表達贊同。

「實在是個美麗的名字。」黎娜低語。

「是啊，」尤安壓低聲音附和她。「不過我們不自行探索這個城市嗎？我不討厭導覽，但是我寧可和妳單獨去繞一繞。」

黎娜立刻接受這個點子，於是剛陷入愛戀的這一對就脫離旅行團，走進教堂的陰影溜走。兩人報名參加這回導覽，一個人要付一百克朗，但是兩人共度午後時光更有價值。黎娜和尤安知道，下午四點巴士會在門諾茲公園，亦即城裡的一個小樹林附近接他們，然後送他們回遊輪。也就是說他們有三個小時可以探索這個樺木之城。

他們手牽手，從城市教堂沿著深藍色于美河岸走到西河灘花園，這條河源自遙遠的北博滕深處，在霍姆松德注入波羅的海。

他們聊天、歡笑，時常停下來親吻對方。黎娜拍了無數照片，用掉整整三捲三十六張的彩色底片。尤安的照片，閃亮于美河以及河上海鷗及海草的照片，從河岸另一邊拍的城市全景，還有一些用自拍器拍的她和尤安的照片，帶來無比樂趣，特別因為她並不確知之後會洗出什麼樣的照片。

他們享受共處的時光，即使尤安覺得她奇怪地心不在焉，就像巨大的陰影即將遮蔽太陽。尤安並未對黎娜提及他的憂心，他甚至無法對自己解釋，至少當時在于美歐還不行。

他們走到西河灘花園，然後靠右穿越市政廳公園，公園被幾幢歷史建築圍繞。尤安像個校長似的伸出食指，半玩笑半認真地問黎娜，她是否知道這些建築不到九十年，因為于美歐已經完全燒毀過兩次。

黎娜假裝不知道，對尤安的歷史知識豐富感到驚訝，並加以稱讚。然後兩人大笑相擁。

「與其取笑樺木之城，我們還是去那邊有著小商店的漂亮巷子走走，」黎娜建議，指向公園的一個角落：「那邊看起來很誘人，我們一定能在那邊找到一些拍照題材，或是漂亮的紀念品。我也想吃點東西。我們找個地方坐，可以盡情觀察人們的地方，直到找出兩個和我們一樣快樂的人。」

尤安一點都不反對，反正他會接受身旁這個美妙生物嘴裡說出的每個建議。她的兩眼熱切地閃耀，鼻子上的曬斑，金色的鬈髮，他怎麼摸都不累，這個比從前任何一個都更和他契合的女性，讓他認識一個從未知曉的奇妙世界。

「尋找同樣快樂的兩個人，我覺得這是妳整個絕妙計畫最困難的一部分。」他說著，親吻她。

攜手走過市政廳公園，跨越旁邊的街道，然後繼續走，直到他們來到一個城區，完全如黎娜預料，看起來非常誘人。這邊的房子外觀有著繽紛色彩，種滿樺樹的巷子裡，小商店一家連著一家。這對情侶沿著櫥窗漫步，欣賞著擺飾。黎娜不時拍攝皮加坦區的行人、樹木和建築物，這一區以漂亮的商店以及舒適咖啡館而聞名，然後才安靜放鬆地繼續前進。

突然間黎娜躊躇著，最後停下腳步，放下她的相機。

「怎麼了？」尤安詫異地問她。

「啊，沒什麼。」黎娜停了一下之後回答。

「我只是以為看到老同學，不過我看錯了，我們去喝咖啡，你覺得怎樣？」

她勾起尤安的手臂，溫柔地拉著他繼續前進。

不一會兒，他們找到一間在木屋裡的漂亮咖啡館，房子漆成亮黃色，白色的格子窗，店家碰到這種好天氣就把桌子和椅子擺在戶外。他們朝街道坐著，尤安點了啤酒，黎娜點了可可加鮮奶油，兩人都點了熱狗佐馬鈴薯泥、酸黃瓜和炸洋蔥。非常美味，陽光照在他們身上，他們決定這一刻將永不終止。

8 灰鶴寬領帶

于美歐——一九八四年一月二十一日，週六

火車吱嘎地煞車，減緩速度，最後以步行速度駛進于美歐火車站。尤安的無言同行者不時進入他的車廂，坐在他身邊，和尤安一樣，沉默地從窗戶看著北博滕深埋雪中的景色，這時又坐到他身邊。夏洛克．福爾摩斯為何陪他踏上旅程，尤安並不十分理解。他猜測，也許偵探大師想現身鼓勵他，即使根本不符合大師本性。

尤安拿起行李下車，站在車站裡月臺上，冰冷的北風拍打他的臉頰，風裡夾帶細雪，打在臉上感覺就像針刺，但不痛，反而讓人精神振作。尤安拉上兜帽，拉緊束帶，穿越讓人想到迷你城堡的磚紅建築。沒多久他已經走出車站正門，來到街上。他轉身，福爾摩斯沒跟著他。但尤安確定，偵探知道他在哪裡。**大家都**知道他在哪裡。

他坐上一部計程車，告訴司機他投宿旅館的地址。旅館叫做**諾爾斯歡**。司機默默地點頭，但是展現友善的表情，開車。行進之間，尤安向他打聽一家二手書店。

「您是說可以買舊貨的商店嗎？」

「舊書。」尤安進一步說明。

「啊，書籍。**不不**，我不知道這種商店。」司機回答，轉向前往市中心的主要幹道。

尤安望出窗戶，細雪如逃竄般從他身邊射過。

「您從哪裡來？」

「斯德哥爾摩。」尤安回答。

「搭火車八小時。」

「哇，可真遠。到這裡要多少時間？」

「您真的是為了幾本舊書來到于美歐？」計程車司機不可置信地追問。

「為了特定的一本舊書，」尤安說：「以及出售者。」

「我懂了。」司機雖然這麼回答，聽起來卻一點都不像。某人會從瑞典首都跑了幾百公里，穿越冬季荒原，只為了幾本舊書，他覺得太怪異了。

「書籍是美妙的東西，我尋找的這一本更是絕無僅有。」尤安充滿文學傳教士熱血地說。他幾乎掉下淚來，因為哀傷地想到吉普賽女郎辛歌瓦拉的浪漫命運，混合對黎娜綠色眼珠的記憶，尤安的心有如刀割。他稍微克制痛苦，然後把傷痛吞下去：「書籍能改變一個人和整個世紀，他們能讓人歡笑讓人哭，讓人著迷，甚至拯救靈魂，我深信不移。」

這段話似乎無法讓司機進一步領悟，只說了：「啊哈。」然後透過後照鏡懷疑地看了尤安一眼。

「別說了。」夏洛克．福爾摩斯舉起手，氣聲地說：「這個自動車駕駛是個沒文化的笨蛋。多說無益。」

尤安驚愕地轉向左邊，發現偵探就在他身邊，舒適地坐在後座。福爾摩斯抽著菸斗，濃厚的煙霧在計程車裡蔓延開來。

「您真的以為我離開您了嗎，親愛的？」福爾摩斯問他，被逗樂了：「拜託，真的太不公平了，尤其是您不滿意我的批評，如我們上回在廚房聊天結束時，我從您的茫然失措中能察覺，所以我毫不遲疑地和您同行，陪您一回。畢竟我是您個人的腦中鬼魅，少了我，您可能就無以為繼。您目前應該已經明白了，不是嗎？」

「您說了什麼嗎？」司機詢問，疑神疑鬼地望著後照鏡。

「我？沒有。」尤安的眼神短暫和司機的相接，他再度往旁邊看的時候，福爾摩斯已經消失。

「我以為聽到一個陌生的聲音，」計程車司機說：「但是我一定是見鬼了，值班十個鐘頭真的太長。請付八十五克朗。」

尤安的十六號房在二樓，就像整個旅館一樣簡約、清醒又充滿悲傷。房間都很乾淨，無可挑剔，但是一切顯得有如致力於不要使用一抹明亮或者愉悅的顏色。他確信**諾爾斯歡**的業主最想要的是只用灰階來裝潢這家旅館，可能是為了簡單和省錢。但是在瑞典某處真的有家店只賣灰階家具，依照顧客期望混合顏色，好比銀灰、鼠灰、暗灰、玄武灰、月灰、霧灰、板岩灰、石墨灰、松鼠灰、鐵灰、混凝土灰、水泥灰，當然還有氧化鋁灰。他腦子裡還充斥著一堆灰色之際，也一邊期望米夏埃爾．恩德筆下《默默》裡的灰先生不會出現在這家旅館裡，但是這場景就像為灰先生所創造的一般。

尤安放下行李，關上門，走向窗邊，可從窗邊看到沉入雪中的城市，以及旅館前少數可通行的街道。雪越下越大，就像乳白的布幕籠罩著城市。在跳躍的雪花之間，街燈的燈光閃爍，駛過的汽車遠光燈有如星星，在越來越黑暗的宇宙裡發出柔和光芒，自從黎娜不在之後，宇宙對尤安而言早已黯淡許多。他到達旅館的時候，天色已經逐漸暗下來，這時夜晚即將降臨，冬季白日在西博滕並不長。

尤安登記入住的時候，夏洛克．福爾摩斯並未在旅館大廳等著他，尤安走下樓的時候也沒在接待處。尤安並不感到驚訝，因為他已經習慣他的「朋友們」（他這般稱呼那些不時出現在他面前的文學人物，即使他沒有告訴瑪斯聰醫師，因為就連他自己都覺得這聽起來十足神經和病態）不會在他期待的時候出現。他們一定有自己的理由。

尤安抵達大廳走向接待處，有個比較年長的先生，一頭灰髮，戴著細框眼鏡，守著整個掛著三十把房間鑰匙的櫃子，一邊看報。老先生看到尤安，合上報紙，從凳子站起，走到櫃檯後。他繫著一條老式的灰鶴花色寬領帶。

「啊，安德松先生，您想再進城一趟嗎？要幫您叫計程車嗎？」

尤安走向他，「不，這種天氣還是不要。我能向您點餐嗎？」

「可惜旅館沒有食物，但是街角有家不錯的餐廳，就隔幾間房子。我喜歡介紹我們的客人過去。不是什麼了不起的餐點，但是能吃到真的不錯的魚料理，還有烹調恰到好處的鹿肉。『楊松的誘惑』有如一首詩。」

「聽起來不錯，」尤安說：「不過我還有另一個問題，我在找一家二手書店。您知道于美歐有這種店嗎？」

接待先生歪著頭，就像之前的計程車司機，用同樣懷疑的眼神打量著尤安。「二手書店？」他遲疑地重複，尤安猜測他一輩子可能都未曾碰到這個問題。這矮胖的先生又想了一下，然後說：「不知道，抱歉，我不清楚。以前在皮加坦有一家，但是店主突然關門不做了。現在那裡開了家鞋店。」突然間那個人的臉亮了起來，豎起食指，「不過我們有個大型的**跳蚤市場**，在大學校園裡的舊貨市集，也許您可以過去看看，這種市集總有人帶著許多老書籍，還有一些其他貨品。」

「值得一試。」尤安低語，想到夏洛克．福爾摩斯的話。也許黎娜的確不是從商店，而是在這種市集買到那本書，也許是他根本誤解她的意思。「下一次**跳蚤市場**什麼時候舉辦？」他問旅館員工。

「等一下。」接待人員回答，鞋跟靈活地轉動，透過鼻梁上的眼鏡，看著櫃檯後面牆上貼著的一大張于美歐社區半年曆。他伸長的食指從半年曆的上緣，沿著工作日向下，最後停在星期日。「**跳蚤市場**每兩個月的星期天舉行……」他說，接著難以置信地搖著頭轉向尤安：「您想想，剛好就是明天，您的運氣一直都這麼好嗎？」

「有時候。」尤安帶著哀傷的微笑回答。

9 成功開季

黑俄德卡斯——一九八七年五月三日，星期天

五月的第一個週日，終於：「辛歌瓦拉」從冬眠中醒來，為新的一季再度開始營業。不同於尤安所擔憂，就連天氣都很配合。天空大部分時間是藍色，有幾朵小小的棉花糖白雲，朝雷爾豐湖上方移動，陽光照耀地面之處幾乎像夏天一般溫暖。想必出於同樣理由，不到中午就有將近一打的賓客，其中也包括古納爾·貝爾提松，阿格妮絲的哥哥。

黑俄德卡斯的牧師早就決定，把臉上幾個暴露部位的顏色，變成他口中最喜歡的飲料顏色。至少從第三杯紅酒開始，他的臉色幾乎就像變色龍。古納爾·貝爾提松很喜歡紅酒，因此尤安也總囤一些好酒，總是在臺面下幫他倒酒。但他從未跟牧師收費，雖然「牧師酒」——如尤安私下且坦白說有點惱人的稱呼——確實不是國家獨占事業、不是所謂「**系統酒品店**」所能供應最便宜的酒。文學咖啡的其他顧客根本不能點酒，反正大部分的人偏好冰涼的啤酒。

尤安對古納爾．貝爾提松那麼大方，並非因為他是社區議會的一分子，或承諾尤安任何利益，也並非貝爾提松是黑俄德卡斯唯一的新教教堂牧師，而且可能和上天的連結良好。他這麼慷慨的唯一原因是貝爾提松的妹妹阿格妮絲，因為阿格妮絲真的為尤安及辛歌瓦拉咖啡做了許多事，並且嚴拒任何加薪。她宣稱反正不知道要怎麼用這些錢，除了偶爾買件降價的襯衫，或是最新的阿巴唱片。

而且今天尤安得知，阿格妮絲據說愛上他，至少根據一個部分虛擬部分歷史性人物的說法，但他早已死去，然後不久前出現在他面前。雖然尤安確信相反的才是事實，但是咖啡店重新營業，他和顧客聊天以及結帳的時候，他都逮到自己用眼角觀察著阿格妮絲。她勤快地端咖啡、「席勒蛋糕」和「西哈諾．貝格拉克蛋糕」，整理桌子，每次端托盤和匆忙走進廚房之前都用圍裙擦手。

尤安當然小心注意不讓她察覺他的眼光。假設這個真的不太可能的情況，這個可能不是真的西哈諾．貝格拉克或許真的說對了，要是阿格妮絲逮到他，他要怎麼對阿格妮絲解釋他的行為？他應該說：啊，有個共同的朋友告訴我，妳愛我至死不渝。實在讓我受寵若驚，但是我根本不敢相信。我仔細觀察妳以排除這種懷疑，而且我可以告訴妳，我根本沒有。我的意思是我沒有愛上妳。

這實在尷尬、令人受傷，根據西哈諾說法的真實性，對阿格妮絲也是困擾。此外會引出一些尤安無法回答的問題，好比問起那個只有他看得到，不請自來地提供智慧之語的小說主角。

「我覺得這是個成功的開季，親愛的尤安。」古納爾．貝爾提松說。尤安沉浸於思考，根本沒注意到牧師貼了過來，「但是二手書店今天可不怎麼樣。你還沒賣出一本書，對吧？」

尤安望著一張基安蒂[6]紅的臉，「有啊，先是兩本古老的賽爾瑪．拉格洛夫[7]選輯，和一本十九世紀的自然百科，裡面有張漂亮的藏書票，但是全部算起來並不是那麼有利潤，只賣了五百克朗。」

「總比沒有好，」古納爾．貝爾提松認可地說，並且應許地說：「一定很快有某個人會買本真正高價的書。」

「你的話直達天聽。」尤安說。

牧師微笑著，對著天空使了一個微帶戲劇性的眼神，然後把空杯子遞給尤安。

「說說看，你還能給我一小口紅酒嗎？」

「你知道的。」尤安拿著杯子走進廚房，隨即又回來。

牧師感激地微笑著，喝了一大口，就像他啜飲的是勇氣。「美味……充滿果香。」他讚許地說，又喝了一口。尤安剛要走向一張桌子，客人顯然想結帳，古納爾．貝爾提松卻直截了當地問：「尤安，告訴我，你不想結婚嗎？」

尤安停下腳步，轉過身來：「什麼？」

牧師深呼吸：「我問你到底想不想結婚。」

尤安不由自主地想到西哈諾・貝格拉克，他的大鼻子，以及他至少對女性所擁有的強大感受力。他究竟說得對不對呢？阿格妮絲真的愛上他了嗎？所以先叫她哥哥來探口風？

「我不打算結婚，」他回答牧師的問題：「而且，要跟誰結婚呢？畢竟要有個同樣想結婚的女性。」

「尋找的人必將發現……」

「可能吧，但是我根本不想，所以又何必尋找？」

「你孤家寡人，」貝爾提松牧師說：「而且看起來可不怎麼快樂。」

「我不是孤家寡人，」尤安反駁：「我有我的書和我的……」他猶豫著：「……我的朋友。」

「沒錯，就是朋友們擔心你。」對於尤安先說他的舊書然後才說人，古納爾・貝爾提松沒說什麼，牧師似乎並不在意。不過要是他知道，誰是尤安所謂的**朋友**，他可能會更加憂心忡忡。

6 義大利托斯卡納基安蒂所產的葡萄紅酒。

7 童話小說《騎鵝旅行記》的作者 Selma Lagerlöf，是瑞典最重要的文學作家之一，也是第一位獲頒諾貝爾文學獎的女性作家。

「誰是**朋友們**？」尤安想知道，走到古納爾．貝爾提松身邊。

「哎呀，就是碧爾吉塔和我。地方上甚至有些人跟我說到你的事情。」

「那些人應該管好自己的事。」尤安的口氣比自己想表達的更不留情面。

「他們正是這麼做，你是社區的一分子，要是黑俄德卡斯有人眾所周知的不快樂，那麼……」

「誰說我不快樂？」

「我可以結帳了嗎？」身後有人不耐煩地說。

「馬上過去。」阿格妮絲說，對尤安使了個眼色，拿出錢袋走向顧客，他們已經從椅子起身，準備離開咖啡館。這時另外兩張桌子還坐著一群比較年長的女士，看起來像退休的歷史老師，顯然由同一個美髮師打點髮型。阿格妮絲已經為這七位聊個不停的女士上了咖啡、「席勒蛋糕」、「西哈諾．貝格拉克蛋糕」還有一大碗新鮮的鮮奶油。

「謝謝，阿格妮絲！」尤安向她喊著，然後又轉向她的哥哥：「好，為什麼我應該不快樂，誰說的？就不能一個人住在農莊裡卻不至於變成八卦的對象嗎？我喜歡我在這裡的生活。」

「沒錯，我相信你的話。」牧師急忙說，揮手示意院子幾步之遙，朝著大門的方向，那裡的陽光就像一大束金色麥穗撒落石礫。古納爾．貝爾提松壓低聲音，怕被人偷聽似的：「但是你尋找的，不會在辛歌瓦拉咖啡或是世界上其他地方找到，只有這裡。」他指向尤安的心。

尤安不語。

有隻灰鶴鳴啼。

「你何不在下個週日到教堂來找我呢？你或許能在那裡找到你所缺乏的光，好讓你重新對生活開放自己。神啟可不是我們隨便說說。」

「你真好，古納爾，但是我們早就說過好幾次了。」

「要是你接受我的建議，你可能已經稍有進展。」

「你真的是個好漁夫，」尤安有點譏嘲地說：「我確定上帝一定以你為傲。」

「可沒這回事，畢竟上帝也對你感到驕傲，尤安，你也是祂創造的一部分，祂的方式無法解釋，但是你一定早就知道了。」

「那麼祂和我至少對一件事有同樣想法。」尤安說。

古納爾．貝爾提松向前跨了幾步，把手放在尤安的肩膀上：「你還在找她，不是嗎？」他微帶酒氣低聲地說。

尤安聳聳肩：「我不再四處去，不再希望遇到她，如果這是你的意思。」

「我說的是這裡。」牧師又指著他的心。他有點笨拙地啜飲，灑了一些紅酒，滑落他的米色夾克：「你在于美歐的時候發生什麼事？你找到那家不祥的二手書店了嗎？」古納爾．貝爾提松這時說話明顯大舌頭：「你從來沒有對我說過，只有一些暗示。在哥特堡又如何呢？你也曾去過哥特堡，不是嗎？你找出你的女攝影師黎娜住過的地方了嗎？你究竟有沒有什麼發現？」

尤安靜默，然後說：「沒有，什麼都沒有。」

「但是你確定她確實存在過，對吧？」牧師謹慎地追問。然後他望向時鐘，「我的天啊，已經快六點了，時間過得真快。我必須趕快回家去找碧爾吉塔，否則家裡就不得安寧了。」他把空酒杯塞進尤安手裡，抓著他的手臂告別：「一切順利，親愛的朋友，再見。」然後古納爾．貝爾提松轉身離去。

尤安看著他的背影，咬著下脣一會兒，最後喊出聲來：「欸，古納爾？還有一個問題……」

被叫住的人停下腳步，轉身朝著尤安：「什麼問題？」

尤安走向他，壓低聲音問：「你說我該結婚的時候，心裡到底有沒有想到某個特定女性？」

「特定女性？我？」古納爾．貝爾提松迷惑地望著尤安，「沒有，你怎麼會有這個想法？我工作的重點是療癒心靈，以及教區的工作。婚姻介紹的工作就留給其他在這方面更有天賦的人。你不要擔心，我不會插手這種事。**再見**，我的朋友。」

最後一位顧客離去，尤安鎖上二手書店和院子大門之後，就到咖啡館那邊，好協助阿格妮絲。他們一起把餐點和飲料收進大冰箱，把餐具放進洗碗機，清掃廚房，把椅子翻過來，放在擦拭過的桌子上，收起菜單。最後尤安計算收入，再次黯然地確認，享樂商品比美好舊書帶來更多收益。不過最終他還是對將近五千克朗感到開心，這是咖啡館重新開張營業第一天的收入。他把薪水付給阿格妮絲，祝她有個美好的週日夜晚。

阿格妮絲微笑著舉手道別，走過院子。尤安在向晚的暮色中看著她的背影，聽到她不久之後在院子前點燃汽車引擎，然後慢慢駛上通往主要街道的顛簸小徑，直到最後一絲汽車雜音消失在暮色中，以及被雷爾豐湖傳來的灰鶴叫聲淹沒。

尤安走向房子的時候，他搖了搖頭，不，他並未察覺到她有絲毫所謂的愛意，因此他只有一個結論，她要不是個被埋沒的天才演員，要不就是——尤安覺得比較可能——西哈諾·貝格拉克雖然擅長使劍，卻絕不懂得解讀女人心。不管哪一種，尤安都鬆了一口氣。

不過只是暫時。因為他才踏進房子，在身後關上門，就又想起微醺牧師的問題。若說孩子和喝醉的人會說實話，就像一般所宣稱的，也許他們也會指出真正的問題所在吧？

但是你確定她確實存在過，對吧？

古納爾．貝爾提松的聲音在尤安的腦海裡響起。

「那麼？您確定嗎？」有個舒服暗沉的聲音問道。

尤安立刻認出這個聲音，「威廉．巴斯克維爾？」

「正是。」

「我喜歡你每次的造訪——但是你怎麼可能聽到我想什麼？」

巴斯克維爾笑了一下：「您也想到我會說什麼。所以一切是正確又合理，您不也這麼認為嗎，尤安？」方濟會修士從客房暗處走向尤安。他的雙手在腹部相疊，眼神生動又渴望知識。

「我從不曾這樣看。」

「無論如何您應該這麼看。因為這一直都是觀點和視角的問題，兩者決定何謂現實，而不是把事物從環境及觀察者解離開來。我建議您讀讀柏拉圖和亞里斯多德，他們有許多美妙的想法和理論。」他猶豫著，然後他說：「現在回答我的問題，即使不夠精確，因為某種東西存在與否，最終由您獨自決定，正如您、我所知，不是嗎？」

「是，黎娜當然存在過！她活過，呼吸過，曾吻過我，曾和我做愛，她理解我，她愛我！」尤安呼喊出來。

「那麼，我真的會稱之為存在。」威廉．巴斯克維爾冷靜地說，一邊微笑著。

「現在一切似乎已經澄清，我也可以再度消失。」就在他隱身沒入客房的黑暗之前，他又再次轉向尤安說：「要是貝格拉克先生誤解您員工的心意，請諒解他。我想他只是想讓您開朗起來，而且他喜歡聽自己說話。」

「你知道西哈諾和他的說法？」尤安感到驚訝。

「您所有的朋友都彼此相識，」威廉．巴斯克維爾解釋，「至少基本上是這樣。而且他們都站在您這邊，即使並不總是那麼明顯。」

「那我更無法理解西哈諾的說法了，我已經想破腦袋，不知道該如何和一個陷入愛戀的阿格妮絲相處。這樣能讓我開朗起來？我寧可聽個好笑話。」

「西哈諾不是蠢笨的傭兵，而是個受過教育的貴族，一定也讀過亞里斯多德的《論悲劇》。我想他只是忽略了，好的悲劇必須製造恐懼和同情，好達到使觀眾淨化的作用。」

「所以你認為，西哈諾．貝格拉克想引發我的內在悲劇，好讓我淨化這些情緒？」尤安難以置信地發問。「我覺得有點牽強。不過整件事至少有個結果，就是阿格妮絲的哥哥古納爾，你的同行，讓我思考了一下黎娜的存在。」

「同行？差遠了。那個人是個新教徒！」威廉．巴斯克維爾憤憤地反駁，深深地皺起額頭。「有段時期他可是會被猛火燒死在柴堆上。我現在必須走了。」

然後他快速地消失在客房黑暗中。「不過，您應該再想一下這個異教徒的其他問題，從過往尋找答案，尤安。」聲音從彼處傳來：「這件事可能很重要，這種感覺令我揮之不去。有些黑暗的東西似乎阻擋你接觸知識之光。當心點。」

然後就沉寂下來，威廉．巴斯克維爾消散無蹤。消失在愉悅中，或者消失在虛無間。取決於怎麼看。

除了夢境之外，你究竟可曾找到什麼？

一些黑暗的東西？尤安累死了。

10 一本微笑而不朽的書

于美歐——一九八四年一月二十二日，週日

尤安從**諾爾斯歡**旅館走路到大學。今天這個週日清晨，冬天決定停止降雪，取而代之，讓于美歐的居民享受二位數的零下溫度，以及一個無雲的天空。如果是夏天，太陽在這麼早的時候早已讓城市浸在明亮的光線中，但是這個一月清晨，太陽還在地平線下鼾睡。

尤安步行了十五分鐘，踏過積滿雪的街道之後，抵達大學校區道路邊的大型停車場「**彼約巴肯**」，就在大學不遠處的一個公園邊。今天這裡只停了幾輛教授、職員和學生的車。大部分地方都塞滿了攤位和人潮，這個時間就已經很多人前來。畢竟，如**諾爾斯歡**旅館接待員透露給尤安的訊息，這個舊貨市集是整個地區最盛大的一個。尤安推測他指的是市集規模，而且他說的一點都沒錯，因為尤安估計桌子和攤位的數量至少上百個，站在後面的賣家在停車場照明的藍色泛光燈下銷售商品。

攤位之間的走道早已擠滿人，尤安聽著賣家聊天，空氣中浮著**熱紅酒**的香氣，還有新鮮現烤**肉桂捲**的肉桂香，以及咖啡和栗子香。現烤鬆餅的香味也撲鼻而來，但尤安找不到攤位在哪兒。

於是他選定栗子，小販用紅白條紋紙袋包起來，二十克朗，臉上帶著飽經風霜的微笑遞給他。尤安脫掉右手的手套，放進大衣口袋裡，好剝開栗子放進嘴裡。另一隻手裡握著溫熱冒著蒸汽的袋子，他穿過人群，以及攤位間的小路，左看右看，讓栗子殼不斷掉落地面，專心地感受著那溫暖、甜又粉粉的口感，有著那麼濃的燒烤香氣以及童年記憶。

花瓶、椅子、鑄鐵鍋、從沒人用過的銀餐具、畫像、皮衣、刀子，一些無法一望即曉的物品，還有那些沒人想要、被遺忘、被發現、值得注意、漂亮和高尚的東西——任何東西都能在這裡買到，就是沒有書籍（除了一般堆在屋頂閣樓裡的藏書，好比被蟲蛀的大小版本聖經，還有一些百科全書，或是大部頭的圖繪教科書，要是用原子筆在第一頁寫上自己的名字就更折價了）。這裡沒有什麼能讓尤安的心跳加速，更別提黎娜買到《辛歌瓦拉》的二手書攤。

這時他經過一個攤位，主要賣燈具和幾座燭臺。不是舊貨，是珍貴的古董，尤安立刻就看了出來。他停下腳步，對這些老件感到訝異，有些什麼神奇地吸引他。

「**嗨**，您尋找特定的東西嗎？」攤位後面出現一個稍微年長的女士友善地問他。她紫色絨毛耳罩和她的精緻商品完全不搭，也不襯她優雅的外貌。

「是啊。」尤安說：「不過您恐怕沒賣我想找的東西。」

「是什麼呢？」

「書籍，舊書。我喜愛舊書，也蒐集舊書。有時也出售舊書。」

「原來如此，」女士說：「我和您差不多，不過我交易的是燈座，您一定已經看出來了。嗯……書籍……」她皺起眉頭，就像她頭快痛死了一樣。最後她放鬆臉部線條，顯然做出讓自己鬆口氣的決定。「或許我也有些什麼東西適合您，請等一下。」她說完就蹲到攤位下面，在各個箱子裡翻找。

尤安想著她已經潛下去超過一分鐘的時候，她突然喊著：「哈！它們在這裡！」幾乎同一瞬間她重新現身，橫過桌子遞給尤安三本舊書。「您看看，這是我年輕時看的書。我其實不想賣掉這些書，但是它們放在家裡只是積灰塵，我又沒有孩子。我該把它們遺贈給誰呢？不過它們的狀態都很好，我也沒有其他可賣的書了。您也許有興趣？」

尤安接過那三本書，帶著敬畏的心情驚嘆著。那是阿思緹·林格倫所著，一九四〇年代的初版《長襪皮皮》：《長襪皮皮》、《長襪皮皮上船去》和《長襪皮皮到塔卡圖卡國》，絕對的珍稀品。並非促使尤安前來的理由，但是足以令人振奮不已，因為他還小的時候也很喜歡這幾個故事。

「有，我有興趣。」他回答：「這些是非常美又少見的版本。您要賣多少？」

「就說每一本五百？」

「不，」尤安立即回答：「這些書不只這個價格，這不公平。我不反對便宜的價格，但是我絕不想占您的便宜。我出價三本三千元，每本一千。」

賣家的眼睛亮了起來：「感謝您的正直，如今已經很少見了，讓我知道，關於您，我做了正確的決定，」這位女士既驚訝又放心地說：「不過我有個條件。」

「什麼條件？」尤安問她。

「您必須答應我，要是有一天您要賣掉這三本書，只能三本一起賣，並且要賣給像我一樣深愛它們，真的知道如何珍惜它們的人。」

尤安嚴肅地點頭：「我答應您。」

女士滿意地微笑。她接過錢，把書用紙包起來，然後放進一個袋子裡。然後她突然提起：「是這樣，我知道這裡還有一個比較年長的先生，他只賣古董書。可惜他不再來擺攤了。您一定可以從他那裡找到更多書。」她把袋子遞給尤安，她的眼睛在檯燈照耀下短暫亮起。

「為什麼他不再過來了？他怎麼了？」尤安饒感趣味地問。

女士聳了聳肩：「可惜我不知道。他在于美歐這裡有間小小的二手書店，我想，在皮加坦。也許他退休了，或者已經……」她停了下來，避免把句子說完，「他已經不再年輕。反正我已經很久沒看到他了，不管在于美歐還是北博滕其他市集。但是我還記得很清楚，他最後一次到這個市集是什麼時候，就在四個月前。」

「您還記得那麼清楚啊？」尤安驚訝地說。

「是啊，」女士回答：「那回市集就在那個可怕的颶風之後舉辦，當時沉了幾艘船。去年秋天，九月底，您還記得嗎？」

「記得，」尤安虛弱的聲音說：「我記得很清楚。」他覺得頭暈。

攤主似乎絲毫都沒注意到，接著說：「暴風雪把我們這裡的穀倉屋頂都覆蓋了，**跳蚤市場**出於安全因素移到大學的大體育館，就在轉角那裡。這個二手書商是個沉默寡言的人，他只說最必要的事情，得要運氣夠好，他才跟人打招呼。但他沒有惡意，他只是個胡思亂想的怪人，愛書超過一切。」女士用手指在太陽穴那裡轉了兩圈，清楚的手勢。「可怕的惡劣天氣過後那一天，他卻非常激動地過來找我，突然變得健談起來，他告訴我，在那之前的星期六，他在二手書店裡把一本非常特別的書賣給一個年輕女性，對方搭著海岸邊的船從霍姆松德過來。如今他終於可以休息了。然後他衷心地笑了，雖然根本沒什麼好笑的，不是嗎？他就像喝多了似的。」

尤安手裡的紅白條紋栗子袋掉落，掉到被踏平的雪裡，幾顆栗子滾了出來。

「什麼樣特別的書？」他有氣無力地問。

「噢，什麼書名啊？」女士反問，似乎想了一下。「我記不得了，抱歉。您還好吧？看起來好蒼白。」

「沒事，沒事，一切都沒問題……只是冷。告訴我，那本書，二手書商賣出的那本書，會是《辛歌瓦拉》嗎？」尤安追問。他的嘴巴那麼乾，就像咽喉裡有麵包屑，他的聲音沙啞。

女士又聳了聳肩說：「很可能，這個書名聽起來有點耳熟——不是維克多‧里德柏克的小說嗎？但是我真的不能確定，我很確定的只有一件事：那個二手書商宣稱，那本書會微笑，而且永垂不朽。瘋了，不是嗎？一本微笑而不朽的書，他把書賣了，然後退休——真是神奇又浪漫的胡說八道！」女士溫和地笑了起來，又說：「哎呀，就像我說的，他就是個胡思亂想的怪人。可惜他已經離開了，否則他一定能告訴您更多事情。」

11 煙燻魚和巧克力餅乾

黑俄德卡斯——一九八七年五月四日，週一

尤安仰望著深藍色的天空，太陽高掛在他上方，田畝飽滿地閃耀著五月綠。他知道不能太過相信瑞典的春天，但充滿花香的舒服溫暖微風從窗戶吹進汽車，他確定冬季在今天徹底遠離。

從他的農莊前往黑俄德卡斯的這段路，前端是大約一公里半的窪坑泥洞碎石路，中間是一連串的黏土墩，蒲公英在上面一叢叢愉悅地伸展著黃色花朵。一不注意，很容易在這裡卡住排氣管，發出難聽的刮聲引起注意。

老紳寶嘆息著，卻依舊勇往直前。尤安終於開上柏油路，從雷爾豐湖往黑俄德卡斯方向——車程有片刻比較安靜，景色也多丘陵。田畝和草原無垠延伸到幽暗的針葉林，在地平線上遮斷好奇的眼光。尤安從後照鏡看見他自己做木工、手工油漆，可能因此而已經風化的木招牌，上面寫著咖啡館和二手書店的營業時間，招牌此時飛快地越變越小。

辛歌瓦拉——文學咖啡和二手書店
營業時間（五月至九月）
週二至週五，十點到十六點
週日，十一點到十八點

大約十分鐘車程後，尤安在一個十字路口向右轉。他即將抵達黑俄德卡斯。街道轉變成一條高低起伏的深灰帶子，幾乎容不下兩部汽車並行。不久之後他穿過一條林蔭小路，溫暖的五月陽光又再度照耀在他臉上。他瞇起眼睛，摸索著遮陽板，將板子往下翻。隔著相當距離，典型氧化鐵紅的小木屋坐落在街道兩邊；屋子中間的草地上放養著馬匹、羊隻和牛，果樹和裝飾灌木都開滿了花。又轉了兩個彎之後，地名號誌牌在他身邊倏忽而過：黑俄德卡斯。

尤安停在市集廣場，信步走向超市，以它的大小真的名不副實。他才剛走到小商店的入口，郵差剛好走出來。當地的郵局也在這家超市裡，但是只由大約一公尺半的額外櫃檯組成，後面的金屬架子放包裹，還有分開的收銀機。

「**嗨**，尤安！碰到你真好。」尤安也問候對方。

「等一下，我剛好有你的郵件，省得我騎那一段爛路到你那兒去。」小個頭但結實的郵差邊說著，邊著手翻找他公務腳踏車前方的籃子，郵件根據路線事先整理過，籃子這時正放在人行道上。

他不一會兒遞給尤安薄薄一疊信，騎上車，道別，帶著沉重的郵件離去。

尤安看著他的背影，然後看著手裡的五封信，其中一封吸引他的目光，這封信看起來比其他的高級，紙張比較厚，在早晨的春光中閃爍著絲光。尤安的地址用墨水寫在信封上。那不是帳單，不是稅務局的來信，能確定的就是這麼多。正因如此才希罕。有誰還會寫信給他？而且信封好到足以用在週年慶或者婚禮喜帖上？但即使他苦苦思索，尤安也想不出有何慶祝活動，遑論想到有誰打算結婚，並且想邀請**他**。信封上沒有寄件人也令人在意。從收件人地址看來，顯然是女性的筆跡。

尤安匆促地把信件全都塞進夾克內袋，他想到家再打開信件。心底懷著某種奇怪的感覺，他走進超市，隨手拉了購物車，有只輪子喂—咿—喂—咿地響，他幾乎每次都拉到這一部購物車。

他的購物清單一目了然。自從搬離斯德哥爾摩，尤安的需求就不多，但是為了自己和咖啡館，他需要大量買些東西：奶油、乳酪、牛奶、鮮奶油、餅乾、麵包、火腿、血腸、肝醬、蜂蜜、果醬、馬鈴薯、番茄醬、芥末以及炸洋蔥，好準備「熱佛拉緒」，他知名的文學熱狗。他還有些冷凍小麵包和小香腸，也還有幾塊「席勒蛋糕」和「西哈諾．貝格拉克蛋糕」在冰箱裡。而且阿格妮絲已經說要為週末烤個新的蛋糕，估計他自己或客人都不會有所欠缺。

尤安永遠不需要買的是魚，他經常收到古納爾．貝爾提松牧師，或者另一個業餘釣客送的鮭魚、鱒魚、紅點鮭以及鰻魚，所以他不需要買魚。

因此，當他推著滿滿的、輕聲作響（喂—咿—喂—咿）的購物車，經過店裡的小型冷凍櫃，裡面存放著各種魚和海鮮，卻聽到某人輕聲命令他「買煙燻魚」時，他嚇得縮起身來，非常驚訝。

「什麼？」尤安問道，轉過身來，察覺這種情況的超現實性。

「立刻買一尾煙燻魚！」那個男人重複他的要求。對方並不特別高大，戴著一副鎳鈷合金眼鏡，灰髮理得短短的，穿著一件白色襯衫，和一件黑色西裝。他散發出某種內心掙扎，可能五十歲上下，他的微笑友善，但是非常奇特。

尤安看了一眼櫃檯的女士，對方現在至少一樣奇特地望向他。「我在這裡無法暢所欲言，」尤安低聲向這個人抱歉地說：「我們躲到薄脆麵包和餅乾之間一會兒，不然大家會以為我瘋了。」

那個男人聳聳肩，不發一語地走向尤安提及的貨架走道。

尤安一走到他身邊就說：「我想我認識您。」

「您當然認識我。」那個男人說：「要不然我就不會在這裡。」

「一開始我以為您是海利希・浮士德博士。」

「您怎麼會這麼想？」

「他符合我踏進商店之後產生的奇異感覺。」

「說得好聽，不過是傻話，不然就真的太榮幸了，至少以我的文學原型而言是個好說法。就請您繼續思考吧，」他挑釁尤安：「欸，來啊，您早已經知道。」他皺起鼻子，把鎳鉻眼鏡往上推一點。

尤安靈光一閃：「您是哈利・哈勒爾？」

「立刻買條煙燻魚！」他又催促地說，完全可以將他的回答理解成：「是。」

「哈利，我——我可以叫你哈利嗎？——哈利，我不知道我為什麼應該買煙燻魚。」尤安向著一邊滿載的購物車示意，他把車留在中間走道。

「蔬菜，青花菜、馬鈴薯等等，您看，我想吃這些，不一定想吃煙燻魚。」

「你還好吧，尤安？」櫃檯的女士喊著他。她和她的兄弟楊安不只是這家小超市的店主，和阿格妮絲、古納爾以及他的妻子碧爾吉塔都相識。沒什麼不尋常，因為嚴格說來，黑俄德卡斯每個人都互相認識。尤安此時必須提高警覺，因為別讓人知道他站在麵粉袋、薄脆麵包和餅乾袋中間激動地自言自語比較好，雖然其實是一段對話。並非他贊同瑪斯聽醫師的少數意見，認為自己可能喪失理智。

「沒問題，一切都很好，安妮卡！」尤安喊回去：「謝謝，我只是在找一些，呃……特殊的巧克力餅乾。」

前面傳來：「哦，等等，我給你看看我們有什麼。」尤安聽到安妮卡正朝他走來，感覺就像她正等著有個適當的理由好這麼做。

「特殊的巧克力餅乾？原則上您似乎擁有幽默感，」哈利．哈勒爾帶著些微認可說：「很有價值，您很快就用得上。」

尤安困惑地打量著他。

「我想說的是您很快就必須下決定才得安寧，最好的方式就是運用幽默感，」哈利．哈勒爾說下去：「請您相信我，我知道自己在說什麼。不然結局可能很惡劣。您必須將兩個靈魂合而為一，成為完全自愛的一個，您了解嗎？不過要在您完全原諒自己之後。」

「我應該原諒自己？原諒什麼呢？我根本沒責備自己什麼。」尤安堅定地反駁。

「保持下去，您的幽默感明顯勃發，向您致敬。」

「您有赫爾敏娜。」尤安說。

「而您有黎娜。」哈利．哈勒爾回應。

「她已經死了。」尤安咬牙地說，感覺自己的怒氣逐漸勃發。

「是嗎？真可惜。」

「赫爾敏娜拯救了您。」

「她可說也已經死了。黎娜難道沒有拯救您嗎？」

「沒有。您不要煩我。」尤安回答。

「真的？我認為您既不真的了解自己的故事，也不了解我的。請您再讀一次我的故事，但請您永遠不要忘記，您一直都在自己的故事裡，您在其中也是故事的主角。」哈利．哈勒爾向尤安彎身致意，低聲道：「所以您要立刻買條煙燻魚。」

這時女收銀員輕快地轉進薄脆麵包走道，下一刻就站在尤安面前。

哈利．哈勒爾消失了。

「我來了。」結實的安妮卡穿著粉紅色的圍裙說著。尤安在這一刻什麼都沒說，她顯然鬆了很大一口氣，尤其不是和某個根本不在場的人說話。

「我在前面聽起來就像你和誰在說話一樣，可是店裡沒有別人只有你和……不過無所謂啦。你在找哪種巧克力餅乾？有椰子的，撒了彩色糖粒的，還是裡面包果凍的？是咖啡店要用的，還是和阿格妮絲休息喝咖啡要用的？」她一語雙關地朝尤安眨眼。

尤安端詳著安妮卡好一會兒，想著西哈諾．貝格拉克對她是否……不，不可能，「我想，」最後他說：「我不買巧克力餅乾了，還是買條煙燻魚吧。」

開著滿載的紳寶回程路上，尤安還一直想到安妮卡把煙燻鰻魚放到他手裡的時候，她臉上極度迷惘的表情。他突然改變心意也許加深了她對尤安的印象，孤家寡人的咖啡館老闆，奇怪的舊書商，此外還會詭異地自言自語。怎麼能怪她呢？

但尤安還是覺得很有趣，否則他如何能在此處此時忍受過往一切？幸好他有幽默感。他早就知道了，在哈利．哈勒爾認證之前，《荒野之狼》的主角。他還在青年時期就對這本書仰慕不已。哈利．哈勒爾必然知道，因為他──至少就尤安記憶所及──完全不是沒幽默感的人，否則他一定會真的執行計畫已久的自殺，赫曼．赫塞就無法完成他的獲獎作品──沒有主角怎麼結束？這一切都令人迷惑，但是至少合理。尤安買了煙燻魚卻不必然合乎邏輯，除了困惑沒有別的。

12 卡爾・馬克思和一個口無遮攔的女孩

黑俄德卡斯——一九八七年五月四日，週一

回到家，尤安先把採買來的東西放好，因為今天是星期一，咖啡館也休息，他只著手清點二手書店，他一直推延的工作。那封由女性以墨水書寫地址的信就被他留在廚房煙燻魚旁邊，他想到那封信就有種奇特的感覺。今晚可能會讀那封信。

尤安清點順利，時間飛逝，而他整理好大部分的庫存書。只要再半天的時間，應該就能完成。

敲門聲清晰可聞的時候，尤安正坐在二手書店最後面，和他這幾年下來蒐集的烹飪烘焙書在一起。他驚訝地抬頭，傾聽著。

又是一陣敲門聲，更大聲，更不耐煩。

不太可能是客人，因為今天沒營業。他側身走過箱子、書架和書堆走到門口。尤安終於走到門口，開門，一對穿著十分得體的情侶站在他面前，男士不耐煩地看著尤安。

「老天爺，等得夠久了，我還以為您根本不想賺錢。在我們那裡，您的店早就倒閉了。」那個男人沒打招呼就滔滔不絕。

「那麼您從哪裡來呢？」尤安從容地問他。

「斯德哥爾摩，我們旅行經過這裡，」男人喃喃地說：「這位女士一定要過來您這裡瞧瞧，她在街道那頭看見您那破破爛爛的招牌。可悲的石頭路，這一路上來，會弄壞避震器和排氣管。而且我痛恨蒲公英。」

男人大約四十五歲上下，穿著一件白襯衫，套著喀什米爾羊毛衣，相稱的褲子，穿著估計是義大利製的皮鞋，戴著一只招搖的金錶。他的臉卻和精選衣著堆疊出來的印象相反，比較像個糟老頭，忘記拿出數字正確的樂透彩券，而且無法釋懷。他的妻子基本上比較年輕，有著神秘雙眼的道地美女，尤安確定——而且討喜地讓人覺得她忸怩不安，孩子氣，幾乎容易受傷。她沉默地站在丈夫身邊，靦腆地微笑著，他的行為似乎讓她覺得不舒服，卻也不是第一回。

「嗯，對啊，」她說：「我喜歡漂亮的舊書。我知道您其實明天才會營業，但那時我們早已回到斯德哥爾摩了。我可以到您店裡看看嗎？」

「當然。」尤安把門打開，做出歡迎的姿勢。即使她顯然嫁錯人，尤安還是打定主意喜歡她，也因為她說了**漂亮的舊書**。而且他決定不對她的丈夫挑明，不耐煩地拍打二手書店的門並不恰當，尤其是當營業時間清楚地寫在他所說的街尾的那塊招牌上。

他跟在兩人後面走進二手書店，坐在收銀櫃檯後。有顧客在店裡的時候，他總是這麼做。從這個位子可以清楚看到一切，卻不會讓顧客覺得自己正被觀察著。

斯德哥爾摩來的那個男人雙臂交叉，慢慢地走過一個舊書架，那些舊書是有關更舊的汽車的書。他稍微側著頭，似乎有點起勁地細看著書背。他的妻子這時在童書書架停下腳步，開始翻找書籍。不一會兒她顯得很激動，抽出三本書，先仔細地看這些書，然後急忙拿著書去找她丈夫，他這時正逛到比舊書更舊的武器相關書籍那邊，頭依然歪向一邊。

女士輕聲地對他說些什麼，尤安聽不清楚，但一定和那三本童書有關。她丈夫接過書，一本接一本地審視著，起初心煩地皺起臉來，他的妻子再次試著說服他之後，他的臉才投降地放鬆，終究和他妻子一起走向尤安。他從椅子站起身來，迎向他們。

「我看到您發現些什麼。」尤安說。

「對，」男人說，把書放在桌子上，「這些書太貴了。」

尤安驚訝不已。那是他向那個賣舊燈具的女士買到的三本《長襪皮皮》，在于美歐的**跳蚤市場**。突然間浮現，那些話有如從虛空中冒出來，顯然移位錯置，沒有意義，可就是在那兒，有如回音從四面八方傳來。**舊書商——舊書商**。

「哈囉？您聽到我說的話了嗎？」男人問他。「我不喜歡這幾本書的標價。」

「您有什麼不滿意的？」尤安問他，但重新振作精神，「如果您想多付一點，當然是您的自由，如果您是這個意思的話。」

「無恥。您知道我是誰嗎？」男人驚訝地問。他顯然不習慣被反駁。

「不，」尤安回答：「但我確實知道您不是什麼人。」

女士的嘴角愉悅地抽動，把眼光投向地上。男人相反的不想示弱，至少不想理會尤安的話，「一萬五千克朗，每本五千克朗？根本是高利貸！就幾本破爛的兒童讀物，太貴太貴了。」

「如果真是這樣，我絕對會承認您說得對。」尤安說：「但這些不是『破爛的兒童讀物』，而是本世紀前半的阿思緹．林格倫作品珍貴初版，特別是由英格麗．凡．奈曼繪製插圖，此外保存狀態出奇地好。這些是炙手可熱的稀有珍品。」

「如果那麼炙手可熱，我倒想問問，它們為什麼還沒賣出去。」男人說：「您唬不了我，我自己也是個商人，而且是個成功的商人，所以我知道其中的花招。

不過我有個點子，我現在走回汽車，抽根小雪茄，我回來的時候，您會給我一個合理的價格，也許我們能成交。」

說完這些話，男人轉身出門走到院子，再往前走到草地上。尤安在那邊的潮溼地面打上一些木樁，加上一片漆紅的木條屋頂，做成可容納一打汽車的來賓停車場。

「他永遠都要當贏家。」女士說，聽起來像充滿責備的致歉。

「您有多喜歡《長襪皮皮》？」尤安問她。女士友善且驚訝地望著他。

「非常喜歡。我母親總念書裡的故事給我聽。」她微微猶豫了一下，然後說：「我懷念她。」

「其實我承諾原本的藏書家，只把書賣給至少像她一樣愛這些書，而且懂得珍惜它們的人。在我看來，您正是這樣的人，我會給您先生開一個他無法拒絕的價格。」

「噢，您會這麼做嗎？您人真好。不過他只是我男朋友，不是我丈夫。」她加了一句。

「有什麼相關嗎？」尤安問她。

「對我而言有的，」她說：「我不受束縛。」她的臉部表情，或說整個人散發出來的感覺突然間都變了。她瞬間變得自信，原先明顯的脆弱已經消失無蹤。

「不過也有缺點，好比說買不起價值一萬五千克朗的漂亮舊書。我出身平平，父母都過世了，葬在卡爾斯塔德。幸運的是我不笨，長得還可以。」她想了片刻說：「我的確很快就會和他結婚。」

「真遺憾，」尤安說：「我是說您的雙親，還有您兩位的關係。」他急忙解釋，但隨即打住，轉而問她：「您為何告訴我這些呢？您不過才認識我幾分鐘。」

「我不知道。也許我只是寂寞，或者我以為您能理解我。您讓我覺得，您也懷念某個人，是這樣嗎？也許就是這一切，連同我對母親和《長襪皮皮》的記憶，轉變成感傷的情緒。」她聳了聳肩。

「此外或許我反正不會再遇見您，您最好不要把陌生人的自述都當真，要認清自身處境，您明白嗎？」

「我明白，」尤安說：「那麼我會為您未來的丈夫找本書，好讓他決定買下您的《長襪皮皮》。」

「謝謝您，」女士柔和的嗓音說：「趁這個時間，我也會去抽根菸。請慢慢來。我會對他說，您會重新計算一下，他一定會高興的。」說完她就走出二手書店。

又只剩下尤安一個人在店裡。**舊書商**——**舊書商**，他溫柔地撫過三本《長襪皮皮》，聽到細微的聲音。他閉上眼睛，吸進他的書的氣味。皮革、紙箱、黑墨水、印刷油墨，孩子的笑聲，戀人的眼淚，還有對作者辛勞的模糊想像——這一切都在空氣中，尤安喜愛這氣味。

「您要賣給鷹臉無恥男什麼書？」有個肆無忌憚的聲音問他。

尤安張開眼睛。他面前站著一個大約九歲的女孩，紅辮子翹起來，毫無修飾的雀斑臉微笑著，驕傲地展現缺牙的洞，瘦長的雙腳，穿著綠紅兩色的及膝長襪，套在一雙過大的靴子裡，綠T恤，配上黃色迷你裙，上面縫著紅白格紋的口袋。無須置疑，正是她。長襪皮皮本人。

「我還不知道。妳認為他配得上什麼書？」尤安問皮皮，一邊走向排放經濟學舊書的書架。

「他對你沒禮貌，所以當作懲罰，應該先吃掉一整桶發臭的酸鯡魚！」皮皮大聲說：「噁心的臭魚！等他吃完，還要給你三個塔卡圖卡金幣！一本書一個！」

「三個什麼？」尤安轉身。

長襪皮皮開始在二手書店中間，用一隻腳轉圈跳著，就像繞著一根想像的船桅，一邊扯大嗓門唱著：「塔—卡—圖—卡—金—幣。」每跳一下就是一個音節，「塔—卡—圖—卡—金—幣，塔—卡—圖—卡—金—鯡—魚，塔—卡—圖—卡—酸—鯡—魚。」聽起來難以置信地堅定，像在唱跳著原住民歌曲。

尼爾森先生在後面尖叫，皮皮的小猴子，耍雜技似地在書堆間跳來跳去。

尤安被逗樂地微笑著，然後又轉向書架，「我有個更好的主意。」

「啊，好可惜啊！」皮皮喊著。

「太難取得塔卡圖卡金幣了，金鯡魚也很難，這裡只有仲夏才有金鯡魚，妳知道嗎？」

這時尤安已經找到他要的書，抽了出來。他轉身的時候，長襪皮皮和尼爾森先生已經消失了。不過沒關係，這時他已經不需要皮皮了，即使他喜歡皮皮到訪。

他把書夾在腋下，走出二手書店，好去停車場找那兩個斯德哥爾摩來的客人。

「那麼？您有什麼能賣給我？」尤安才剛走向他，男人就開口問。嘴角有什麼煙霧濛濛的一團。雪茄很粗，沒什麼錢的人只有在節慶日才能抽的那種，反正不能稱之為小雪茄。他的女朋友站在一旁，抽著菸。

「有的。」尤安說。

男人的臉上出現勝利的微笑：「我就知道。」

「可惜那三本《長襪皮皮》不能降價滿足您的要求，但是我多附贈一本相當少見而且珍貴的書，您一定會喜歡的書，這裡。」尤安說著把那本為他而找出的書遞給他。

男人看著那本書，瞪大了眼：「卡爾．馬克思的《資本論》？」

「第一本瑞典翻譯本，里卡德．桑德勒翻譯，一九三〇年出版。桑德勒花了十年以上的時間翻譯這本書。」

「您以為我是共產主義者？」

「卡爾．馬克思是哲學家，主要是經濟學者，我想這本書比起沒來由的快樂兒童更會是您的興趣所在，」尤安對他說：「這本書並不常見，如果您真的在某個地方找到了，書況不佳的一定也要兩千到三千克朗。我的優惠——由您決定。」

男人看著女朋友——這時她又換上（無辜的）小牛眼神，就像穿雨衣一樣套上她的脆弱——然後看著面無表情的尤安。

「成交。」男人最後說，抽出他的錢包。他把錢一張張算到尤安的手裡。古斯塔夫．瓦薩國王一世的肖像更換所有人十五次。

漂亮的年輕女士把三本《長襪皮皮》緊緊地抱在懷裡。她和未來可能成為丈夫的男人穿過院子走向大門，再次轉身朝向尤安，越過她單薄的肩膀拋給他一個眼神，飽含深深的感謝，和一絲被止息的渴望。

已經望不見兩人身影，車子早就駛上通往街道的石礫路，尤安卻還站在那兒。

突然間他又想到那個年輕女士之前曾對他說的話，他感到一陣暈眩。

您最好不要把陌生人的自述都當真。要認清自身處境，您明白嗎？

如果黎娜欺騙了他，會怎樣呢？如果她事實上根本不叫黎娜．貝倫，而是別的姓名呢？她的消失真的如此容易解釋，幾乎這般可笑平庸？如果那個把頭髮誇張地高高梳起，穿著粉綠色套裝的女士說得沒錯，會怎樣呢？如果他尋找的是個鬼魂呢？

他走回二手書店，好繼續整理，把書本分類。

13 非得變成夏洛克・福爾摩斯

哥特堡——一九八四年一月二十七日，週五

書桌後的女士從文件向上瞧，搖搖頭，友善，但堅定。

「您說是黎娜・貝倫？貝殼的『貝』，倫敦的『倫』，就是這麼讀、這麼寫的，對吧？」她又再次搜尋手邊的名單。「沒有，可惜沒有。我沒在任何一份文件上找到她，安德松先生。她絕對從未曾是瑞典帝國攝影協會的一員，否則上面一定有她的名字。」

那位女士誇張地把頭髮高高挽起，已經褪流行，但正如她的粉綠色套裝一樣，適合她整體外型。她散發出一種微妙又帶點距離感的優雅，和保持簡約的大尺寸黑白照片和諧一致，照片掛滿整個空間，或許全都是「瑞典帝國攝影協會」成員的作品。

「我不明白，」尤安氣餒地說：「我認識她不久，但是她給我看過幾張她的攝影作品，非常傑出，讓我毫不懷疑貝倫小姐是個職業攝影師。並非我本人是專業人士，但是我的工作和書籍相關，也經手過幾本攝影作品。」

「那麼您一定稍微有些了解。很遺憾，我無法給您其他訊息。但是如果我站在您的立場，我不會放棄尋找，因為我們的成員幾乎都是業餘攝影師。專業攝影師不是我們的成員，而是組織成『瑞典攝影師協會』。」

「我知道，」尤安說：「位在斯德哥爾摩的瑞典攝影師協會。」

「啊，那裡也找不到貝倫小姐的資料嗎？」女士感到訝異。

「可惜沒有，我最初就向他們詢問。我正是來自斯德哥爾摩，您得知道。」

「您千里迢迢而來嗎？」女士的聲音裡帶著惋惜和驚訝，她說：「您怎麼不乾脆打電話呢？這樣您就能省了這麼遠一趟路。」

「我反正都要到這裡來，」尤安說：「貝倫小姐曾告訴我，她出身哥特堡，而且住在這裡。」

女士的嘴角牽動了一下，稍微瞇起眼睛，好像在瞄準什麼，一下子讓她的臉皺了起來。即使尤安不認識她也立刻知道，她一旦專心思索就是這樣的表情。

她終於放鬆臉部線條，女士打氣地說：「好，您的熟人不屬於任何一個協會也不代表什麼，並非所有的攝影師都加入職業協會。」

「可能吧，」尤安說：「但是也無法讓我的搜尋變得容易一些。非得要變成夏洛克．福爾摩斯不可呢。」

攝影師協會的人員打開書桌抽屜，拿出一本厚厚的黃頁書。「的確，我想該是時候試試傳統的偵探手段了。」她笑著，把會員檔案夾推到一邊，打開哥特堡的電話簿。她來回翻閱，一邊低聲念著，有如神秘的咒語，終於，她把塗著紅指甲油的食指放在某一頁中間位置。

「這裡！」她呼喊著：「您看，根本沒那麼困難。幸運的是哥特堡只有五位黎娜·貝倫，四個黎芮——『黎娜』會不會只是黎芮的暱稱？還有兩位L·貝倫，也可能是黎娜。還有，請您稍等……」她專心地看著電話簿，「有一個E·貝倫和一個L·貝倫，一個S·L·貝倫。總共十三筆。」這位女士交叉雙臂，顯然滿意自己的研究結果，向後靠著椅背，對著尤安微笑。

「您人真好，」尤安說：「這會是我的下一步。」他一路走來第一次覺得充滿希望，「我可以抄下這些名字和地址嗎？」

「不需要，安德松先生，我複印一份給您。」說著她咻地站起，轉身把翻開的電話簿朝下放在書桌後的影印機上。機器嘶嘶簌簌，柔和的光束從玻璃平面和上蓋間透出，來回呼嘯一趟，同時吸入一張紙，瞬間又在機器上端吐了出來。女士拿著電話簿，把它重新塞回抽屜裡，然後把影印本遞給尤安。

「非常謝謝您，」他說：「希望我想找的貝倫小姐是這些人其中之一。即使她可能已經不在……我至少要知道她過去在哪裡生活。」

「也許她住在哥特堡郡，不在城市，而是周圍同名的地區，」女士思索了一下。

「也是個想法，」尤安說著站起來：「我一定會弄清楚。」

女士和尤安握手道別：「希望您找到這位貝倫小姐。她對您意義重大，對吧？」

「是的，」尤安說：「比我想像的更重要。」

「會不會貝倫小姐，該怎麼說呢，她對您……」

「她對我說的是假名字？」尤安把她的句子說完：「她為何要這麼做？她沒有絲毫理由欺騙我。黎娜就是黎娜。我會找到她，請您相信我，即使要花我一輩子的時間。非常感謝您的誠摯協助，**再見**。」

14 馬格努斯・洛文的請求

黑俄德卡斯——一九八七年五月四日，週一

尤安踏出二手書店，驚訝地發現夜暮早已低垂。夜晚降臨，很快就會伸手不見五指。他鎖好店門，穿過院子回到主屋，只有一小盞燈掛在露臺上，像隻微黃的獨眼把光芒射進黑暗。他還沒走到院子的另一側，突然間覺得頸子的寒毛直豎。

尤安驚訝地站定，轉身。

「哈囉？誰在那裡？」他呼喊著。他忽然想到，這是偵探或者恐怖小說人物最常說出的最後一句話，很少有好結果，倒是經常出現死亡結局。

沒聽到回答，只有一陣涼風吹過樹木，遠方有犬嚎叫。

「哈囉？」尤安再度朝著寂靜呼喊。最後他搖了搖頭，繼續走向房子，即使是他的想像，他的步子這時似乎比這怪異感覺出現前來得大。

他走進屋裡，決定享用一瓶普法芬酒。然後他拿著當天的郵件，以及從黑俄德卡斯買回來的煙燻魚，坐到廚房餐桌旁，倒了一杯酒，喝了一大口，然後開始細看信件。大部分都是帳單，還有一些廣告信函。最後他才拿起那封沒有寄信人，女性筆跡的特殊信件——他必須對自己誠實，他不想看這封信。終於他拿過信，翻面，拿起來對著光，好像可以看穿什麼秘密文件似的，當然，根本沒這回事。他沒有拆信刀，就用拔塞器，深呼吸。等著他的是什麼，誰會寫信給他？他終究把光亮螺旋的金屬末端插進信封，沿著長邊撕開信封。他抽出一張白色的信紙，展開，開始讀信。

斯德哥爾摩——一九八七年四月三十日

親愛的尤安，

請原諒我用這封信突襲你，但我必須承認，這正是我的意圖，故意不寫寄信人，拜託古妮拉書寫信封上的地址——此外我也要轉達她的問候。你可能不會讀我寫的信，直接丟進垃圾桶，可是我知道你太好奇，眼下應該不會這麼做了。我沒錯吧？

請讓我小得意一下。這是我所想到聯絡上你的唯一可能性，雖然當你在斯德哥爾摩離開出版社時，嚴拒我們去找你，和你接觸。佩爾和我沒有違逆你的決定，尊重你的願望，因為你當時在颶風中的遭遇實在可怕，我們的財務也還不錯。

但是如今我只能寫信給你，佩爾去世了。他三週前突然心臟病發過世，我同樣花了三週的時間才發現，他挪用了出版社上百萬的錢，以及你搬到何處。

我們後來發現佩爾好賭，過去兩年負債越來越多，最後讓他無法解決。心臟病發是對外說法，其實他是自殺，真是個悲劇，對他、他的家庭和我們都是。我獨自一人無法繼續維持出版社營運也是事實，我需要支援。不能否認四年是一段很長的時間，發生許多事，許多事情都改變了，但是你比其他大多數人都了解這家出版社，畢竟你參與成立這家出版社，一起讓它茁壯，你對好書的直覺和愛始終勝過千金。

因此我想請求你，完全靜下心來，認真考慮，你是否能想像我們重新合作，回到出版社。出版社的遠景不錯，雖然從前更好，可能原因只在於它的部分精神逐漸喪失，先前是你，現在是佩爾。希望能聽到你的回音。

馬格努斯誠摯問候

尤安鬆了一口氣，他終於知道這個女性筆跡屬於何人。但同時他也感到哀傷，因為他長年的合夥人佩爾．艾利克松遭遇這樣悲慘的命運。尤安把信重讀一遍，然後把信放到桌上。

他站起身來，從廚房拿出餐具和一個盤子，從冰箱拿出越橘果醬和辣根醬，重新坐到椅子上。他小心地抽出煙燻鰻魚，黑俄德卡斯小超市的安妮卡賣給他的，並且用報紙包起來，這時他把魚的包裝紙完全拿掉。魚發出深色光芒而且油膩膩，雖然眼睛僵直，微帶責備的陰鬱眼神似乎盯著尤安，但尤安還是食指大動。哈利．哈勒爾如何得知他很快就會想吃魚呢？如果他是有意為之，那麼這種遠見將成為他和朋友們的關係新頁，尤安這麼想。

他用刀切斷鰻魚脊骨時發出清脆的聲音，他切了一大塊，放在面前的盤子裡，天堂佳肴。那麼細緻、油潤又帶著煙燻香，搭配越橘果醬的微甜，以及辣根溫和的辣味，在他的嘴裡產生混合的香味，誘惑著他的感官。他閉上眼睛，細細咀嚼，腦子裡想著馬格努斯．洛文的請求。

突然間他感到一陣冰冷。

相當短暫。

然後就過去了。

尤安張開眼睛，非常詫異。

桌邊在他身旁有個身影，彷彿來自另一個時代，一個大約二十五歲的年輕男性。他身上的一切多少都有些狂野，但是又奇怪地熟悉。讓人想到僧侶罩袍的髒汙袍子，穿爛的鞋子和褲子，推測應該經過漫長又艱辛的流浪。粗短的鬍子和頭髮黏成一綹綹，順著高高的額頭垂到閃亮的眼睛上方，強調了這個印象。年輕男人趣味盎然地望著尤安，惡作劇地微笑著，有如他所知遠比尤安所能想像更多。

「有人叫你吃魚嗎？」他問尤安。他的聲音聽起來像少年人，充滿求知慾。

「對，有人建議我買煙燻魚，我聽取建議，現在我吃魚。不然我能拿魚怎樣？」尤安回答他，並且把餐具放到一邊。他好奇地看著面前的人，試著從他的臉部線條認出他是誰，尤其想知道他為何前來造訪。

「那麼你對魚有什麼期望？」

「我主要希望享受牠平息我的飢餓。」尤安說。

年輕男人搖著頭微笑，就像他和某個怪異的隱士有什麼關聯一樣。他用手指點著還放在桌上的油膩報紙，聽起來就像是指揮點著指揮棒，要求團員專心一致。

「噢，請容我一言，我的推測比較是和這個有關，尤安．安德松。」

「和這張報紙？」尤安訝異地問他。

「絕對是。」陌生人眨著眼睛說，把頭髮從臉上撥開，雙臂交叉在胸前。他的眼睛緊盯著尤安。

尤安試著不讓自己被糊弄，打開部分潮溼閃亮，聞起來有魚、印刷油墨和煙的氣味的《**博胡斯蘭寧根報**》雙頁，烏德瓦拉的地方報之一，掃視著內容。他正想翻面，這時卻在報紙邊緣看到一則小小的廣告。

一九八七年六月十七日星期六，卡爾斯塔德首度舉辦大型跳蚤市集！舊貨、舊書及古董的跳蚤和古物市集，沒有嶄新的商品。歡迎商家參與。不需預先報名。

尤安抬眼望著他：「這意味著什麼？」他問這年輕男人，想透視他，同時一邊想著，這個人見鬼的會是誰。尤安怎麼努力都想不出，這個看起來相當討喜，卻沒有任何特徵的陌生人會是哪個小說角色。先前他甚至沒有立即認出哈利·哈勒爾，雖然《荒野之狼》和赫曼·赫塞都是他稱頌的少數作品及作家之一。

威廉·巴斯克維爾曾警告他小心黑暗力量，它想阻斷尤安接收知識之光，尤安應該謹慎提防。這個男人該不會正是這股力量？

「你早就知道我不是誰。」年輕男人抿嘴笑著說。就像尤安的其他朋友，他顯然也能讀他的想法如讀一本書。

「你卻可能是我的朋友威廉所說的黑暗力量。」尤安說，不由自主地向後靠。

「你怎能確定威廉·巴斯克維爾是你的朋友？」陌生人質問，歪著頭，定定地看著尤安。「我才是你的朋友，我能向你保證我完全是為你好，」年輕人溫和地安撫他：「我代表知識和真相，不多也不少。」他的微笑深沉，雖然年輕，卻映射出無法解釋的智慧，就像他的經歷遠超過他的年齡所能體驗，有如他能做出正確結論似地說：「我是尋求全知、永遠流浪的學子。」

「永遠流浪的學子？」尤安努力回想，但他想不出哪本文學作品有這樣的主角，更別提哪本他曾讀過，而且是他的愛書之一：「我不認識你，為何你卻出現在我面前？」尤安問他，自知這情況詭異，因為他正以症狀探索相關疾病的意義。

「你不認識我，一點都沒關係，就像愛上早已逝去不復返之物一樣，你懂嗎？不要錯過你的機會，去斯德哥爾摩。接受馬格努斯・洛文的提議，活在此處與當下——昨日只見死亡與詛咒。」

「你來就是為了告訴我這些？」

「部分是。」

「那麼報紙呢？」尤安疑惑地追問：「和報紙有什麼關係？市集和廣告？」

「這是通往真實黑暗的另一條路。」

「而且你想阻止我？」

「當然不是阻止你吃這條魚。順帶一提，這魚看起來相當美味，煙燻鰻魚，對吧？」

尤安揪著頭。直到目前只有讓他留下印象的故事主角才出現，因此他腦子裡搜尋著曾在房間書架上的每本書，但他就是想不出來，這個大學生是在哪個該死的故事裡扮演如此重要的角色，讓尤安覺得一定記得他。但尤安有種感覺，他不知怎地知道這個年輕人。他是故事主角嗎？或者是主要角色的手下？還是尤安此刻已經完全瘋癲了呢？他的幻想力已經不滿足於讓小說角色現形，如今也許更要讓他憑空想出鬼靈精怪？瑪斯聰醫師一定欣喜不已——出於純粹醫學觀點，當然。

「我知道你並不容易接受我的出現，」年輕人重新發話，他蹺起二郎腿，放鬆地向後靠：「我真的相信你能看到小說裡的角色，因為你瘋了，或者該說，你曾發瘋。」

「我能看到小說角色所以我曾經發瘋？」尤安問他。

「你有其他解釋嗎？」

尤安不理會他的問題：「這麼說，我現在不再瘋狂了嗎？但是為什麼我還看到你？」

「因為我是真的，」年輕人以堅定的聲音說：「而且我不是你的苦難症狀，我代表你即將迎來的痊癒。」

「等等，等等，」尤安難以招架地安撫他，「這一切讓我有點混亂。這表示你是個醫生或者治療師？你主修醫學？」

「差不多。」

「其他人再也不會來到我身邊？」尤安問他。

「嗯，這完全取決於你，也是治療過程的重要部分。」

「我想我會覺得失去他們。」

「不，你不會，」學子堅定地宣稱：「你真正欠缺的是真實生活，取回你的生活，就在你面前。去斯德哥爾摩，不要去卡爾斯塔德的跳蚤市場。」

「你是誰？」尤安問他。

「我是你的一部分，反之亦然，」大學生說：「其餘的只是幻想、道德、價值結構、精神……隨你怎麼想。」

這些話對尤安毫無助益，尤其短時間內不能增進他的理解。這個年輕人顯然不想透露他的名字。

「所以我應該去斯德哥爾摩，」尤安換個話題：「再度回到出版社。」

「正是如此，這是個正確的選擇，這是永遠的循環。來來去去，生與死。不要抗拒，再次掌握你的命運。哪裡結束就從哪裡開始，就從那次該死的船難起頭。不是很多人有重生的機會。相信我，我知道我在說什麼，我走遍世界。」

「我應該停止尋找黎娜和愛情，重拾我過去的生活，從前發生的一切就乾脆遺忘？」尤安深吸一口氣。「但是我想繼續尋找她。」他喊著，跳了起來。他一拳捶上桌子，裝魚的盤子震得跳起來。「我愛她！我會永遠愛她！」

他突然停了下來。

他察覺到外面有聲音，輕輕的喀噠聲，像是什麼東西翻倒了。他走向窗戶，望進夜色。但是他無法看出任何東西。那是正在遠去，踩在石礫上的腳步聲嗎？

「我們看著吧。」年輕人的聲音還在尤安耳邊，但他轉身時，年輕人已經消失。

只有一隻蒼蠅，在難以察覺的輕微搖晃吊燈下方繞著魚轉，搖晃的影子落在廚房桌上。

空氣中有煙燒的味道。

應該是鰻魚發出的。

蒼蠅溜出廚房門，飛進走廊。

15 海洋是狂野的動物

萊克桑德號甲板上——一九八三年九月二十四日，週六

要是能夠預見不久的將來，從漸增的浪潮，看著它們隨著持續高漲的海風而來，就能提早看出危險，那麼就會更覺知地體驗任何看來無足輕重的事——好比在遊輪點心吧旁邊吃一塊配料豐富的脆麵包。畢竟那可能是一生中所做的最後一件事。

但尤安沒想這些。何必想這麼多？就那麼一點風。用餐大廳櫃檯後的酒侍友善地問他，鮮蝦三明治是否合他的胃口。尤安點點頭，服務生正收走還有些麵包屑的空盤子。

萊克桑德號一個小時前停泊在霍姆松德，這時正要返回斯德哥爾摩。明天大約同一時間應該就會抵達。尤安幾乎感覺不到船隻引擎的震動，也感覺不到大船在海浪中的晃動，因為光線不足，他也幾乎看不到漆黑的海岸線。用餐大廳烏黑如夜的玻璃上，海岸線和頂燈的反射混在一起，燈掛在桌子上方閃亮的鏈子上，隨著越來越強的波浪韻律來回擺動。

尤安思索著，腦海閃過許多事情。和愛相關的問題、答案以及更多問題。

他們在千樺之城共度一整天，太陽閃耀，時間過得太快。今天在于美歐窄巷漂亮咖啡館裡，他去了一下廁所，再回到他們的桌子時，黎娜不見了。他發現壓在他啤酒杯下的紙條，是黎娜的捲菸紙的一小角，她在上面寫著「馬上就回來！」，還有「我只是要快速解決一些事。親親，黎娜。」。

這時她走進用餐大廳，專注的目光尋找了他一會兒，終於在吧檯邊發現他，衝著他微笑，逕直走向他，活潑輕盈，金光閃閃，充滿魅力和誘惑。她穿著緊身的黑色衣服，透露些什麼，卻又不至於承諾太多。她很快走到他身邊，溫柔地吻他的臉頰。

黎娜。

她手裡拿著個小包裹，填心巧克力盒大小的東西，棕色的包裝紙，用寬寬的紅緞帶綁著。

「那是什麼？」尤安不無好奇地問她。

「給你的，」她說，把小包裹放在吧檯上，坐到他身邊：「這是給你的禮物，我今天買的。」

「給我的？」尤安微笑著，「原來如此，現在我明白了，所以妳才把我一個人留在咖啡館？」

她點頭。

「這是我應得的嗎？」

「噢，是的！」她的雙眼閃亮。

祖母綠，尤安想著。黎娜把手輕輕地放在他手上，「它就在皮加坦的一個櫥窗裡，我今天在那裡拍了路上的行人和房子。我很快地把你拉走，要不然你就會知道那是什麼樣的店，你一定會走進去。」黎娜發自內心地笑出來，充滿愛意地看著尤安。「店主是個奇特怪異的老人，起初根本不想把書賣給我。我必須無比神聖地發誓會保有這本書，或者把書送給真正值得擁有它，而且是我真誠對待的人，否則就會發生可怕的不幸。這個傢伙一定是個瘋子，但是我無法就這麼放棄，這本書實在太美妙了。」

尤安微笑著說：「聽起來好神秘，但是這個詛咒，還有所謂的可怕不幸反正絕不會發生在妳身上，」尤安雙手亂舞了一下，好似畫符念咒般，調酒師好奇地瞄了他們一眼——「因為妳真心對我，不是嗎？」

很久之後，尤安在記憶中一再回想這個情境，他才想到，他說完這句話，黎娜的笑容奇怪地有如凍住一般，尤安在那一刻卻幾乎沒注意到。他說：「現在我真的很好奇。」

「那就打開吧，尤安，你會喜歡的。」

這時傳來巨大的撞擊聲，船體震動著，玻璃喀喀響，尖叫聲四起，一個酒瓶從吧檯滑落，掉到地板破掉。可以聽到低吼聲，聽起來像野生動物。然後就過去了。

「該死！」酒吧服務生咒罵了一聲，彎腰撿起碎片。

黎娜的臉上還寫著驚恐。「老天，怎麼回事？」

「巨浪，正中舷側。」暫時隱身的酒吧服務員解釋。天氣惡劣時，在大海上安撫賓客似乎是他工作日常。聽到這幾個字，黎娜慢慢放鬆下來。或許也因為**萊克桑德號**重新變得比較平穩。

「只是一個大浪。」尤安微笑說著。然後他把小包拿在手裡，解開紅色絲帶，小心打開沙沙作響的包裝紙。

是一本書。

他把書放在桌上，手撫過灰綠亞麻精裝封面，燙金壓印的字體，以及上下緣的裝飾絲帶。封面中間可以看到一個跳舞的吉普賽女子，把鈴鼓舉到空中，她波浪般的長髮及臀。女子穿著花衣裙舞動，藝術家似乎無法將這年輕女子幾近狂喜的動作壓抑在書封裡——只是一幀小小的單色圖樣被印在灰綠亞麻布上，不比一個香菸盒來得大，完全是新藝術時期的早期精緻風格，那麼美，尤安之前很少看到這麼美的書封。

「美得驚人，」他輕聲說：「維克多．里德柏克的《辛歌瓦拉》。這是一八六四年的初版書，對吧？而且書況出奇地好。」

「對，」黎娜說：「除了封面上這道半圓形的裂縫。」

「看起來就像這本書衝著我們微笑。」

黎娜溫柔地看著尤安：「的確可以當作沒看到，因為真正的寶藏在兩片書封之間。」

「我知道，」尤安說：「這個故事是瑞典浪漫時期後期的最重要作品之一……」

「我指的不是這個，」黎娜溫柔地打斷他的話：「你看看裡面。」

尤安有點訝異地看進她的眼睛。他翻開封面之前猶豫了一下，然後他忘我地盯著舊紙張，看到第一頁以黑墨水寫下的文字，腦子一片空白。那是一段獻詞。

愛超越所有界線，或許甚至超越神所設下的邊界。

維克多．里德柏克致尤安

「維克多．里德柏克寫下這段獻詞的時候當然不是想著你，」黎娜被逗樂地說：「他那個時代已經有幾個人名叫尤安。但是你當然可以想像，我今天在皮加坦那家二手書店發現這本書的時候，我有多激動。」

尤安難以置信地搖著頭，「真的太奇妙了！但是這段獻詞有點嚇到我，」他抬眼望著黎娜：「這本書一定花了一大筆錢。一本作者親筆簽名，一八六四年初版書，而且狀態絕佳……我想世界上如果還有這樣的書，頂多兩本或三本而已。妳真瘋狂。」

「比你想的便宜很多，或許是因為書封上的裂口？還是因為這個奇特的二手書商，雖然愛書成癡，卻對它的珍貴沒什麼概念？」

尤安深吸了一口氣，「好，我接受這份禮物，但是我想邀請妳吃晚餐，開瓶香檳……」他彎身吻了黎娜。然後他低聲地在她耳邊說：「我愛妳……晚餐後，我想在我的艙房裡為妳朗讀這本書，如果妳願意。這是一個充滿愛和激情的故事，故事裡的兩個人克服所有阻礙。」

「真是個絕妙的點子。」她低語著回答。她隨即輕推，從他的懷中站起，對著他微笑，但她的微笑不再那麼無憂無慮。

「不過在你朗讀之前，我必須對你坦白一些事。」

「坦白?什麼事呢？」尤安有點納悶地看著她。

「不在這裡，不是現在。我們一起吃晚餐，然後我再告訴你，好嗎？」

「好。」尤安回答，但是有種奇怪的壓抑感襲來。

黎娜站起來，「我回艙房稍微梳洗一下，我們待會兒見，我很期待。還有，尤安……」

「怎麼？」

「我們也能克服世界上所有阻礙，不要忘記。等會兒見。」

她的手溫柔地撫過他的頭髮，給他的臉頰一個吻，然後離開。

這時他才注意到，這艘大船此刻正和海浪搏鬥著，黎娜走動的時候幾乎失去平衡，尤安從窗戶看出去，于美歐的燈光此刻已經不復見，被暴風雨的黑暗吞噬。海水泡沫和雨滴被推過窗玻璃。尤安試著自我安慰，想著船長必然熟悉這片水域，很清楚該怎麼做。他沉思地撫過維克多．里德柏克《辛歌瓦拉》的灰綠亞麻封面，自覺有點像在這波濤洶湧中的船隻：迷失，任由命運擺布。

尤安終於從吧檯椅站起，從吧檯拿起書，打算走回他的艙房，同樣為了晚餐換衣服。他非常期待和黎娜共度的夜晚，更期盼那之後的艙房朗讀時光。

他才剛走到通往甲板的樓梯口，另一次更強烈的搖晃衝擊**萊克桑德號**，但是這一次不同前一回，一波巨浪必然擊中遊輪，捲過船身。地獄般的噪音在整艘船中迴響，船隻顫動著，就像有個憤怒的巨人正撕扯著船。燈光晃動，有些已經熄滅，警報聲響起，突然間發出巨大的喀啦聲，就像有人用磚塊丟向窗玻璃一般。船身歪斜，可以聽到尖叫聲和孩童哭泣聲。隨即有些旅客從下方迎面走來想前往上方甲板，同時也有旅客從他後方跑來，走下樓梯，想回到自己的艙房，好收拾有價值的東西，或是拯救入睡的孩子。廣播的聒譟聲被全面的混亂淹沒，只有片段聽得出來。

「緊急狀態……所有乘客……救生衣……依照工作人員的指引……」

尤安踏上狹窄的階梯，夾在人群中，他被推擠著，只能勉強握緊欄杆。《辛歌瓦拉》從他手中被打落，劃了一個大弧落下階梯，掉在一個臺階上，被無數的腳踩踏過。

「黎娜？」尤安絕望地大叫著：「黎娜？」

但有如他沒發出任何聲音，無人理睬他。他緊貼著壁面，讓慌張的人們顛簸走過。黎娜沒有應聲，她沒聽到尤安的呼喊。吱吱嘎嘎，船身又往海面傾斜了幾度。這時一聲嘰嘎，然後是沉悶的撞擊，就像重重的櫃子和桌子滑過空間，最後撞上阻礙物。幾秒鐘內，尤安察覺到冰冷潮溼的空氣，嘗到鹹味。這時他才理解發生了什麼事，預感可能即將發生的事情。引擎聲突然靜默，外面暴風雨肆虐。船要沉了，沉入冰冷的海洋。

「黎娜！」

他衝下階梯，和人潮反向，再也不見《辛歌瓦拉》的蹤影。一定是某人撿起它，順便帶走，或是被踢走，被帶走了，到某處去了，他匆促地再次四處張望，什麼都沒有。一本絕妙的書，不過也只是一本書罷了。

尤安繼續向前奔跑。有個母親手中抱著孩子迎面而來，跟在後面的顯然是父親。

黎娜的艙房在甲板下更低一層。船身晃動，發出噪音，聽起來令人恐懼。尤安繼續快速移動，跑下陡峭的樓梯，幾乎撞倒一對年長的夫婦，他們由兩個穿制服的人陪同向上移動。制服人員之一對尤安大聲說些什麼，尤安沒聽懂。在階梯下方他最後一躍，腳踝卻不幸撞上臺階。他痛苦呻吟，一跛一跛地撞向牆面，繼續顛簸跑著。向右轉，順著走廊——就是這裡。

終於！

十六號。

黎娜的艙房。

他捶著門，轉動門把，大吼著想壓過警鈴、暴風雨以及咆哮海洋產生的噪音。

「黎娜！」他喊著：「黎娜！」但是她沒有回應。

尤安退後一步想撞開門，但是有個人用堅定的手握住他的手臂，阻止他這麼做。是尤安在樓梯上遇到那兩個穿制服的人之一。

「您不想活了嗎？您到底在幹什麼？這裡已經沒有人了！」那個男人大喊著：「所有的艙房早就清空了。來吧，我們必須到上層去，這裡太危險了。」

尤安狂野而堅定地瞪著他，「您有鑰匙嗎？」

「我告訴過您了，所有……」那個男人遲疑了一下，看到尤安的臉色，似乎注意到此刻討論沒有意義。他詛咒似的說了些難以理解的話，飛快地從口袋抽出一串鑰匙，打開艙房。

尤安衝過他身邊：「黎娜？」

他翻遍整個房間，打開浴室門，什麼都沒有。她不在那裡。

「您看到了吧？我告訴過您了。」那個船員在他身後喊著。

「她在哪裡？」

「我不知道，」那個男人說著，一邊又抓住尤安的手臂，「她一定在上面，和其他乘客在一起，在安全的地方。您現在也要過去那邊，而且盡快，了解嗎？您聽著，我告訴您實際情況，我們已經無法操控船隻，外面的十級颶風**歐蕾拉**正在肆虐。如果我們再受到一次衝擊，像上一個那麼強，我可不想待在下面這裡……」

就在這一刻，第三個大浪打上**萊克桑德號**。

16 阿格妮絲不是肚子痛

黑俄德卡斯——一九八七年五月五日，週二

第二天一早，電話響了。尤安半睡半醒，把咖啡杯放在廚房桌上，快步到走廊。

「早安，尤安。」貝爾提松牧師在電話裡問候他。他的聲音聽起來超乎尋常地嚴肅。

「嗨，古納爾，我怎能有此榮幸？」

「我撥電話來是因為阿格妮絲今天不能去上班，她生病了。」

「天啊，她怎麼了？」

古納爾·貝爾提松迴避地說：「她肚子痛。」他是個沒啥天分的騙子。

「肚子痛？」尤安無法置信地問他，「她難受到不能自己打電話？」

「沒有，沒那麼糟糕。」貝爾提松牧師急忙淡化他的語氣，「我向阿格妮絲提議，我幫她打電話，因為我反正要和你說話。」

「到底怎麼了？」

「我昨天在你那兒，尤安。」

尤安從家具後方把長長的電話線拉到前面，拿著電話到廚房裡。他坐到桌邊，喝一口他的溫咖啡。

「我根本不記得你來過。我以為我一個人度過夜晚。」尤安開玩笑地說。「我讀了一些東西，喝了酒，吃了煙燻鰻魚，翻了一下報紙。到了時間，也沒很晚，我就上床睡覺了。」

「你不是一個人。」古納爾．貝爾提松確定地說。

尤安一陣熱一陣冷。

「你什麼意思？」他不穩的手放下咖啡杯。

「你昨天和誰在廚房裡說話？」

「你偷聽我說話？」

「或多或少。」古納爾．貝爾提松猶豫地說。「透過窗戶，我沒聽懂所有的話。」

「所以你是在外面院子裡？但是以主之名，為什麼呢？你在我自己的家裡刺探我。我以為，那些聲響和腳步聲只是我的想像。」

「就像那個看不見的男人，和你聊天，為了黎娜甚至對他大吼的那個人？那個大學生？你這麼叫他，對吧？」

靜默。

「你以為我有個怪癖，是不是？」尤安說。

「怪癖用來形容你的問題可能是個太粗略的用語。」牧師迴避地說。

「我沒想像出什麼大學生。」尤安防禦。「也沒有教授或是老師，還是其他某個人。我不知道你在說什麼。」

「不管你和誰說話，你的談話對象說對了一點。你應該放開黎娜和過往，重新開始生活。」

「你向一個看不見的神祈禱，我有時自言自語。」尤安動怒地回答，「這有什麼可責備的？」

「噢，一點都沒有，親愛的尤安，完全沒有，」貝爾提松說：「只要沒有超過一個限度。」他暫停了一下，然後繼續說：「我們很喜歡你，尤安，我希望你知道，但是我們覺得你迫切需要協助，專業的建議。」

「我們？」

「我昨晚到你那裡去，其實是想和你說話，不是為了偷聽你說話，我向上帝發誓，」古納爾．貝爾提松說：「碧爾吉塔、阿格妮絲和我確信，我應該和你聊聊。阿格妮絲告訴我，超市的安妮卡告訴她兄弟楊安，你上次去買東西的時候，舉動可不止怪異而已。你和一個看不見的人輕聲卻激動地說話。然後你突然買了煙燻鰻魚，而非原來想買的巧克力餅乾——好似這個看不見的人以他人聽不見的聲音命令你一樣。楊安偶然在黑俄德卡斯遇到阿格妮絲，就把一切轉述給她知道。安妮卡嘴巴不緊，大家都知道，但是她杜撰不出這種故事，她兄弟楊安平常就是比較理性的人。煙燻鰻魚取代巧克力餅乾，誰會做這種事？」可以聽到他清嗓子的聲音。「但是因為我知道，你幾年之前承受過何種不幸，你失去這位女士，因此我非常嚴肅地看待這些事。」

「而且偷聽我說話！」尤安忿忿地插了一句。

「我到院子的時候看到廚房的燈光，還聽到聲音。」

「聲音？」

「嗯，至少我這麼以為，直到我發現，你對著一張空椅子激動地聊天，你甚至大吼起來。我看到你怎麼激動地跳起身來，大聲呼喊著你愛她，我覺得這一切太超過了，我驚嚇地倒退，被花盆絆倒，花盆一定被我踢翻了。然後我穿過院子跑走，開車回家。」

「阿格妮絲不是肚子痛。」尤安弄清楚了。

「不是。」

「她害怕。」

「是，」古納爾．貝爾提松說：「但不是怕你，她擔心你，而且完全無法處理這種狀況。」

「我可能會離開這裡，」尤安直接說，聲音堅決：「也許是永遠。」

「離開？去哪？為什麼？」古納爾．貝爾提松的聲音聽起來迷惑。

「回斯德哥爾摩，我接到過去合夥人的邀請，重新回到出版社工作，我決定接受他的邀約。是啊，也許你們是對的，古納爾，也許我需要協助，但或許我也必須接受協助，就像你剛勸我的，為了終於對我的過去畫下句點，完全重新開始。也許黑俄德卡斯、辛歌瓦拉咖啡館和二手書店只是蝸殼，能讓我縮回去，好讓我沉入我的痛苦，以及失去黎娜的自憐裡。我應該想到，太陽每天都會東升，只要往天空瞧就行了。我在這裡的時光很重要，但是可能正慢慢走向終點。」

尤安還拜託錯愕的古納爾．貝爾提松轉告阿格妮絲，在尤安離開期間代為收信，牧師也答應他。

通話之後，尤安開車到街尾，用一個麻袋遮住手繪的招牌，在下方打個結，就算遇上強風也挺得過去。他希望一些客人會了解，咖啡店和二手書店暫停營業。

他又回到房子裡，立即打電話到斯德哥爾摩給正在出版社的馬格努斯．洛文，告訴洛文，他會考慮對方的提議。尤安的前合夥人顯得驚喜萬分，他似乎沒料到尤安真的和他聯絡，更別說會考慮他的提議。他們約好後天見面。馬格努斯會帶尤安在出版社晃晃，之後一天兩人坐下來看看財務報表。馬格努斯立刻為第一個晚上計畫了舒適的聚會。

尤安覺得鬆了口氣，就像肩膀上的重負終於卸下了一般。他看了卡爾斯塔德跳蚤市場廣告最後一眼，廣告就登在從安妮卡超市買來的油膩、聞起來有魚味和煙燻味的報紙上。然後他把報紙揉成一團，丟進垃圾桶，開始為他的旅程做準備。

他整理好行李，坐在太陽下，終於能再次把《荒野之狼》拿在手裡，因為他答應過哈利．哈勒爾。雖然尤安只是出於慣性期望咖啡館裡有顧客，但考慮到阿格妮絲今天不會過來，文學蛋糕所剩不多，而他的人生規劃反正將往另一個方向發展，也許甚至可以忍受沒有顧客上門。

逐漸接近傍晚，他期盼能獲得哈利．哈勒爾還是威廉．巴斯克維爾的建議。他們對斯德哥爾摩會有什麼想法，以及會怎麼建議尤安，讓他興味盎然。就連夏洛克．福爾摩斯機智又極度理性的話語，或是西哈諾．貝格拉克的輕鬆語句，這時一定能協助尤安往前邁進。也許就連在客廳裡跳來跳去的長襪皮皮都能幫助他。

但是今天他的朋友都沒有出現，就連那個沒有文學出處的雲遊大學生也不見蹤影。基本上這沒什麼超乎尋常的，以前他們也曾好幾天，甚至好幾個星期不見蹤影——到目前為止，尤安會反倒鬆口氣。但是此刻他初次有種感覺，覺得自己需要他們，他真的想念他們。他甚至逮到自己輕聲呼喚他們的名字，不過尤安事先謹慎地拉起廚房的窗簾，不讓古納爾．貝爾提松又站在那裡，甚至呼叫心理急救醫師。

尤安不知道，他這些老伴侶保持隱身是自動痊癒的跡象，還是和他前往斯德哥爾摩的決定有關？他的朋友們因此生他的氣嗎？幻想當然並不總是值得期待，但是懷疑自己的幻想背離自己卻更不舒服。

或者只是命運，因為灰鶴越晚到來，如所周知，帶來的改變就越大。灰鶴今年春天確實來得該死地晚。

第二部

2. Teil

1 觸發時刻的力量

尤安已經四年沒來斯德哥爾摩，這段期間他很少長時間搭火車——除了少數幾次到馬默探望雙親，以及兩次出遊，六月的時候，他到西里楊湖旅行了幾天。那裡的人在仲夏穿著最美的服裝，如果對這方面有興趣，而且不介意暢飲酒精，原住民不停的跳舞表演，相當值得一觀。

斯德哥爾摩和這種鄉村風情完全相反。

它是瑞典最現代化的城市，政府和國王所在地，首都，瑞典最大或許也是最吵、最知名、擁有最重要舊城區的城市。斯德哥爾摩擁有最多和最美的博物館，最繁忙的交通，和最多居民——所以也有最多富有、貧窮、醜陋及美麗的人們。此外還有很多狗、貓、鴿子和海鷗。

對尤安個人而言，這裡也是體驗最深刻，發生最多愛情故事，有過最不愉快爭執，達成最令人矚目的成就，遭受最令他驚訝的挫敗，以及最有趣的遇合。

但是對尤安而言，此刻只剩下一點：斯德哥爾摩已是往事，他的往事。他曾經逃離這裡，因為他再也不想看到這個城市。

然而如今他又重回舊地，但斯德哥爾摩是否會再度成為他的未來——他再怎麼想也說不準。

馬格努斯．洛文堅持派一個出版社職員去車站接他，送他前往旅館。馬格努斯本人沒有時間，但是他們會碰面用晚餐——為了美好的重逢，以及因此產生的未來願景乾一杯，馬格努斯在電話上這般做了總結。尤安點點頭，馬格努斯當然看不見，但是把繼之而來的沉默當作同意。

迎接尤安，幫他提行李的職員並不多話，或者只是內向，但是特別有禮貌，幾近服從。馬格努斯．洛文可能事先告訴過他，尤安未來在出版社將擔任什麼樣的角色。但特別值得一提的是司機非常年輕，年輕到尤安以前在出版社從沒看過他。尤安離開職務的時候，這個人可能還在上學，也還沒有駕駛執照。也許在服志願役，尤安想著。但是他沒有發問，以免打擾他禮貌性的沉默。

尤安靜靜地坐在黑色富豪汽車後座，透過有色車窗看著城市從身邊掠過，這個曾是他故鄉的地方。

馬格努斯．洛文堅持墊付尤安搭火車以及在斯德哥爾摩停留期間的花費。他在電話上說，他不接受拒絕。尤安也沒有拒絕他，因為馬格努斯．洛文努力讓他感覺舒適的時候，尤安不會擋他的路——即使尤安自己也付得起，此外並不能真正左右他是否回到出版社的決定。

馬格努斯．洛文可是慷慨得很。豪華的旅館建於二十世紀初，位在市中心，車子最後就停在旅館浮誇地用銅片打造的大門前。尤安以前就知道這家旅館，它矗立在一條寬廣的馬路邊，周圍是其他沒那麼豪華的奠定時期建築，距離市中心只要步行五分鐘，搭計程車到洛文及艾利克松出版社也只要差不多的時間。

尤安登記入住，有個職員將他的行李推上車，帶他到他的房間之後，他去淋浴，向窗外看了一下，最後躺到床上，好讓自己在經歷五小時旅程，以及過去幾天的事情之後，稍微休息一下。

身在斯德哥爾摩讓他感覺怪異，遠離尖叫的灰鶴和他的書。

他的朋友們又在哪裡呢？

違背所有理性，尤安一關上門，轉身的時候，他期待他們之中某一個會出現。就連淋浴結束，從浴室出來之後，他還四處張望尋找他們的蹤跡。但是沒有，就和這些角色出現時的情況一樣，他對現況也不甚理解。

幻想何時成為病態，以及——他們何時變成幽靈？只要出現超過一段時間就夠了嗎？還是要先讓人覺得少了什麼，他們才變得真實？就像對一個躺在海底死去的女人，只因對她的愛無法止息，她才繼續存在。

瑪斯聰醫師會有不同見解，就和尤里．米哈伊洛維奇．洛特曼一樣。他可能將這種狀態稱之為「個人完成的溝通行為」喪失，將伴隨引發的幻想歸類為創傷後壓力症候群。的確，尤安真的又想到他，因為他前心理醫師的診所只離他住的旅館三條街。

「確實，」瑪斯聽醫師當時一臉嚴肅，眉頭皺在一起地說——尤安還記得，恍如昨日——「這些症狀當然完全不正常，但是一提及個體，什麼是正常？您也是個體，正是對現象非常個別的感受製造出觸發的時刻。」

如果黎娜的死亡以及船難導致尤安隨時尋找文學主角，雖然幾乎難以相信，但能理解，只要把船難的沉重，以及他的個體感受考慮進去。但什麼事情導致他們又消失不見呢？是因為過去幾天，哈利．哈勒爾在黑俄德卡斯小超市的餅乾和煙燻魚之間那一刻，尤安做了什麼，使得他們沒有一個再被他看見嗎？

感覺就像那個雲遊的大學生把他們變不見，拯救了尤安。

不過真的是拯救嗎？損失有時也可以是救贖，但通常不是。

尤安閉上眼睛。幾分鐘後他睡著了，兩個小時之後才被房間裡的電話喚醒。接待處如交代地提醒他快要七點了，而七點四十五分會有人接他去用餐。

他刮好鬍子，穿好衣服，走到大廳，坐在一張非常舒適的古棕色皮椅上，盡力才不至於隨即再度入睡。

還好他不必等太久。

「**嗨**，尤安。」

他朝上望。

「噢，嗨。」尤安站起來，把手伸向馬格努斯．洛文。

洛文笑著說：「這麼正式？」然後他拉著尤安的手臂，「**好久不見**。你回來真好，老朋友。」

馬格努斯有點發胖，他原本麥草金黃色的頭髮，如今覆著一抹淡淡的銀色薄紗。但是他的眼中還有著火光，有如能夠隨處嗅到好生意。彷彿讀出尤安的想法，他用雙手放在圓圓的肚子上，又笑了出來，說：「在佩爾過世之前更糟，在那之後我已經少了四公斤。我告訴你，壁球很有效。每週兩次去運動中心而不是去餐廳，你就會手腳敏捷，可以看到磅秤往下降，相信我。」馬格努斯退後一步，不敢相信地打量著尤安，「老天，你根本不需要這麼做，你還是一樣飄逸，你怎麼辦到的？」

「我讀很多書。」尤安對他說。

「閱讀？你在耍我嗎？」

「沒有，我真的讀很多書，職業的關係。不過或許也因為搬書，裝著二手書的箱子可不輕。而且我經常到湖邊散步，通常在早上，冬天的時候就去滑雪。」他又加了幾句。

比起對尤安苗條身材的嫉妒，馬格努斯的眼神顯得更加同情尤安的平凡生活。

「重要的是你回來了，而且你過得不錯，不是嗎？」他說，拍拍尤安的肩膀。「來吧，我們開車去我們那裡。古妮拉早就期待，這麼多年後終於能再見到你，而且她很會煮菜。」他把手放在尤安背上，拉著他走向雙扇的銅門。

「我們要去你們那兒？我以為我們要去外面吃飯？」

馬格努斯頓了一下說：「噢，抱歉。對，原本是這麼計畫，但是古妮拉聽說要來的是你，她就建議在我們家裡吃晚餐。你知道，女人就是這樣。我希望你沒問題吧？」

2 尤安被觀察

晚上相當愉快，古妮拉和馬格努斯也很親切。她和馬格努斯有兩個孩子，馬特和蓮娜—瑪麗，分別是九歲和十二歲，兩個都很俊俏。尤安過去不願想起這一切，這時卻假裝眼前這一刻無異於往昔。馬格努斯和古妮拉還邀請了帕特里西亞．溫納宏一起用餐，她是古妮拉的老同學。帕特里西亞的母親是西班牙人，知道的人很容易看得出來。她身材高䠷，深色長髮，親切又有魅力，卻並不多話，似乎天性比較內斂，想來遺傳自她的北瑞典父親。

晚間時光從滿溢的問候展開，接著介紹帕特里西亞，以及驕傲地炫耀被尤安遺忘的孩子們。然後大家走進擺滿古董且相當舒適的餐廳，在一張深色木頭大桌子邊坐下。繼之而來的是一頓精緻而且相當愉快的晚餐（美味的芥末包鱈魚，搭配蒔蘿馬鈴薯和根莖蔬菜），然後是懷思的、獻給因為賭癖而去世的合夥人佩爾．艾利克松的餐後酒。

最後一部分則由馬格努斯做了一段微醺但激勵的演說，描繪接下來幾年，只要尤安重回編輯臺掌舵，大家和洛文及艾利克松出版社一起能收穫什麼成果。

「馬格努斯重新玩帆船之後，就愛上航海的隱喻，」古妮拉微笑地說：「他甚至買了自己的遊艇，還把船命名為『古妮拉』。夏天我們經常到群島去玩。」

古妮拉輕撫著丈夫的手。然後她走進廚房，好準備咖啡，搭配的是花色小蛋糕，馬格努斯毫不嫌累地一再強調，它們來自斯德哥爾摩最好的糕餅舖，然後又喝了幾杯餐後酒。還一邊咀嚼，馬格努斯就用餐巾擦掉嘴唇沾上的一些鮮奶油，舉起杯子。

「親愛的尤安，我很高興知道你未來將重新成為出版社合夥人，在我的左右，而且我確信，不只我有這種感覺。」他一邊不動聲色地朝尤安打眼色，朝帕特里西亞的方向點了個頭，「無論如何，這是特別的一天，我們應該乾一杯。敬愛情、生意和未來！**乾杯！**」

聽到「未來」的時候，尤安頓了一下，不過還是和其他人碰杯。

「不過現在，尤安，你一定要告訴我們，你在外面黑俄德卡斯那邊怎麼生活，」馬格努斯說：「一定和斯德哥爾摩的生活完全不同。」

「對啊，尤安，跟我們說說。」古妮拉贊同她丈夫的期望。

「啊，黑俄德卡斯基本上還不錯，」尤安說，「只是東西不像大都市這麼多。」

「我完全相信，」馬格努斯說著笑出來，「請別生我的氣，尤安，但是你怎麼能住在這個破地方這麼多年，我真想不透。在那裡會發瘋的，你屬於我們這裡，到斯德哥爾摩來。當時在事件後你需要休息，沒人會責怪你。但是超過四年？老天在上，漫漫長日，你在那個地方能做什麼？」

「我很少去想究竟過了多少時間，或許因為我真的總有事要做，我要經營二手書店，整理我的房子和花園，除此之外，我還有『辛歌瓦拉』。」

「『辛歌瓦拉』？」馬格努斯詫異地說。

「嗯，一家文學咖啡館。」尤安說。

「瞧瞧，我根本沒聽說。一家文學咖啡館？那是什麼？」馬格努斯問他。

「一家獻給文學的咖啡館，供應和文學相關的蛋糕以及其他餐點。我想，和二手書店挺搭的。」

「有趣的想法，」古妮拉說：「這種店也能開在斯德哥爾摩，只是餐點一定要高級些。這裡的人可不是咖啡和蛋糕就能滿足的，對吧，帕特里西亞？」

「妳說得一點都沒錯，」帕特里西亞附和她的老朋友，然後轉向尤安，「你一個人經營兩家店嗎，二手書店和咖啡館？」她有些驚訝地問他：「這樣不是多勞少得嗎？」

「的確，」尤安回答，「但是外面那邊不需要那麼多錢，而且我還有阿格妮絲的協助。」

「阿格妮絲？」馬格努斯挑了下左眉。

「她是黑俄德卡斯地方牧師的守寡妹妹，」尤安說：「她幫咖啡館烘烤蛋糕，也負責招呼客人。『辛歌瓦拉』反正只有在春季和夏季才營業，星期二到星期五，加上星期天。」

「守寡的牧師妹妹名叫阿格妮絲？你開玩笑的吧？」馬格努斯大聲噴笑：「小夥子，小夥子，好樣的，要是有這樣一個小說角色，我絕不會錯過它的作者！」

尤安看著馬格努斯脹紅的臉，然後看向古妮拉和帕特里西亞，他不知道她們兩人是否也覺得好笑，因為她們都沒表現出來。

「我們換個話題吧，馬格努斯，我來這裡是想把這一切都拋到腦後，坦白說根本不想再提起。」

「明白了，抱歉。」馬格努斯說，清了下喉嚨，重新舉起杯子，向尤安敬酒。

聊了一陣子商業租賃、斯德哥爾摩餐廳以及在冬天取得新鮮海魚的困難之後，帕特里西亞禮貌地告辭，卻沒忘記深深看了尤安一眼，他在這一刻卻不知該如何理解這眼色。

「她才三十出頭，當律師的收入就相當可觀，」馬格努斯從大門走回來的時候說：「她不久前才加入圖雷加坦伯爵區一家企業法及契約法法律事務所，成為第三位合夥人，社會地位絕佳。而且她還單身。」馬格努斯做鬼臉，開心地用手肘頂了尤安身側一下，對他眨眨眼。「你看，不只是生意因素讓你的感應器再擴大到斯德哥爾摩。你在湖邊的舊書中間可找不到這種女人，對吧？」

古妮拉轉了轉眼球，搖搖頭，她先生說的話似乎讓她難堪。尤安想起馬格努斯從以前就是這樣。

突然間，無從解釋，尤安突然覺得放鬆下來，他覺得自己慢慢地，相當緩慢地又回到斯德哥爾摩。有些事情變了，但是尤安又重新認得一切。

午夜一點過後不久，尤安告別。古妮拉堅持要幫他叫輛計程車。但是尤安說，稍微散步對他有好處。

「就讓他走路嘛，他已經夠大了。」馬格努斯大舌頭地輕聲對太太說，給尤安一個大大的擁抱之後對他說：「明天一早見，我未來的夥伴。」

「十點在出版社見，」尤安說，和馬格努斯握手：「我很期待。」

「我更期待！」馬格努斯完全毫不保留地大喊。

他的聲音那麼大，穿過開著的大門，迴盪在樓梯間，古妮拉嚴厲地看了丈夫一眼。她親吻尤安的雙頰，道晚安。

尤安在樓梯平臺再次回頭看，舉起手。馬格努斯和古妮拉沒有看見，他們兩人靠著頭，卿卿我我，然後關上門。

這是一個寒涼的春天夜晚，正確地說是春天清晨，對年輕人而言是外出歡樂的好時間，溫度通常不是問題，時間也不是。街道上都是人，直到尤安轉進比較小的巷子，引著他走向馬爾姆鬧區和舊城區交界，他的旅館就在這裡，此處的交通才比較舒緩，比較少行人和騎自行車的人，商店和櫥窗也比較各有特色。

整整二十分鐘後，離他的旅館只有幾條街，他經過一家小小的二手書店，他好奇地停下腳步。書店裝飾很誘人，而且擺放精緻。尤安在展示窗當中發現幾樣寶貝是他從前擁有過的，不過也有幾樣是他樂於擁有的。尤其是早期新藝術到黃金二〇年代的珍貴版本，這個時期特別吸引他，因為再沒有比書封、書背和書頁上的花繪圖飾更令他著迷，這些圖樣只為了自我展現而美，只為了取悅觀看的人，顯示書籍在上一個世紀初還有著何等價值。想到通常符合用途的現代書封，他於是知道自己為何只買賣舊書，而且帶著些哀傷。

突然間他頸項的寒毛豎起。又來了，他內心深處無止境的渴望，以及對遠方的期盼，顯然毫無緣由，而且來得不是時候。

他被觀察著，他十分確定。

尤安轉身，但是沒有其他人，只有冰冷寒風，拂過樹木，遠方有隻狗吠叫。

這種顯然不適切的感覺——他渴望什麼？——來自他內心最深處，同時他覺得就像自己從外部觀察著自己。沒道理，但感覺起來就是這樣。漠然。最後一次有這種感覺是在黑俄德卡斯，當時他從二手書店走向住屋。不久之後，那個友善的雲遊大學生就來拜訪他，而他依舊不知道大學生出自哪本書，對方也完全閉口不談。為何尤安完全想不起來，他也覺得是個謎團。因為尤安通常記得他讀過的每一本書，這回他卻只有模糊的印象，沒有時間也沒有地點。或者換個說法：沒有相屬的故事。這讓他惱火。

尤安扣上夾克，再次看了看身邊周遭。除了一對小情侶手勾著手，彼此緊靠奔跑著，以及對街一個從四樓窗戶冷淡觀望的住戶之外，沒有其他人。那種感覺過去了，但還有一絲絲殘餘，以及一種雖不具體但可察覺的警戒感。

尤安看了那個絕美的櫥窗最後一眼，決定等這家二手書店營業的時候再次造訪。然後他把手插進夾克口袋，口哨吹著《長襪皮皮》的曲子（不管為什麼），然後繼續走向旅館，那裡可能還是沒有任何人等著他。

3 斯德哥爾摩，女人與書

尤安今天早上過度準時。他九點四十五分踏進出版社，公司外觀幾乎沒有變化，內部卻和從前大不相同。入口處加大，展現歡迎氛圍的紅皮椅座位，牆上掛著現代瑞典藝術品，旁邊掛著洛文及艾利克松出版社最成功作家們的照片，自從尤安離開之後，這家出版社就改成這個名字。照片掛在走道上，從接待處成U形蜿蜒。這一部分沒有改變，只是換了幾張臉。成功者之間最不成功的一律必須讓位給成功把他踢下王位的人。

尤安走向坐在櫃檯後、頗具吸引力的二十多歲女孩。她已經仔細打量過尤安，但是在他左顧右盼的時候，她一句話也沒說。他自我介紹，拿到一張訪客證明，可以坐在沙發群的一張紅皮椅上。

不久之後，昨天接機並載他到旅館的年輕人出現。

「您昨晚過得愉快嗎？」他向尤安問好，就像昨天一樣有禮貌。

「是的，謝謝，是間很棒的旅館。」尤安說。

他隨著這個職員走向電梯，電梯把他們帶到七樓，最高一層。職員帶尤安走到長廊尾端的社長室房間，敲門，馬格努斯．洛文開門，年輕人離去。

「怎樣，尤安？睡得好嗎？元氣飽滿？我必須承認，我今天早上有點頭痛。其中一瓶香檳一定有毒。」他笑著，拍打著尤安的肩膀，另一隻手伸向他的辦公室。

尤安走進高過每個斯德哥爾摩舊城屋頂、充滿光線的房間。他望向窗外，眼睛追隨著一隻海鷗飛翔。

「我很能承受香檳。再次感謝愉快的夜晚。我雖然做了些奇怪的夢，除此之外，我的夜晚輕鬆而且平靜。」

「奇怪的夢？」馬格努斯．洛文問他。

「夢到斯德哥爾摩、女人和書。」尤安說。

「啊哈。」馬格努斯．洛文說。然後他笑著說：「這麼一來我們也說到正題了，說白一點，兩個正題，你喜歡帕特里西亞嗎？」

尤安把眼光從海鷗移開，轉身問：「帕特里西亞？啊，她人真的親切。」

「只是親切？」

「可能不只親切吧，」尤安回答。「但是我並不真的認識她。」

「你想再見她嗎？」

尤安猶豫不決。馬格努斯．洛文顯然覺得他想太久了。

「你害怕接觸女性？」他想知道，「你從前可不一樣。」

「從前已經過去，」尤安說，「但還是要說清楚：我和從前一樣不怕接觸女性。我只是覺得一切進展得有些快。」

「她可是為你著迷，」馬格努斯說：「她今天早上就打電話給古妮拉，拜託她謹慎地試探你的心意。古妮拉告訴了我，叫我……哎呀，你知道的，女人嘛。所以，我該私下對古妮拉透露什麼，好讓她能私底下轉告帕特里西亞呢？」

總算清楚帕特里西亞昨晚臨別秋波的意思了，對啊，也許這是重新開始的一部分，尤安思考著和過去的生活一刀兩斷。勇於嘗試新事物也意味著試著認識新朋友。或許比想要的速度更快。

尤安沉默地點點頭。他終於說：「你可以透露給古妮拉，說我想和帕特里西亞再見一面。散散步，還是喝咖啡。」

馬格努斯擠眉弄眼地微笑：「好決定。帕特里西亞不無魅力，不會依賴你過日子，而且你還隨時可以說不。你不必立刻和她結婚，只是有些不同的想法。古妮拉會開心的，她喜歡幫人牽紅線。」

馬格努斯從文件架咻地抽出一個簡報夾，走向一邊的大會議桌，站在一張椅子後面。

「好，說夠女士們了。」他說：「我們要轉向主題二：書。你因此才來到這裡，不是嗎？」他拉出旁邊的椅子，「來，坐我旁邊。」然後他自己坐了下來，打開簡報夾，「我先讓你看一些數字，還有我們這期間運用的策略，尤其看看我們能一起執行哪些企劃。」

對尤安而言，這將會是漫長的一天，即使隨著和馬格努斯在一起的時間，他越來越憶起過去的景況，他從前經營出版社的生涯——他已經不再習慣處理一些事務，一些像洛文及艾利克松出版社這種公司必須進行的經營事務。和黑俄德卡斯村莊牧師的妹妹阿格妮絲一起，為辛歌瓦拉咖啡館的當日文學蛋糕想個名稱，畢竟不同於負責出版文學作品。傍晚工作結束之後，把現金薪水數算到唯一的助手手裡（對方出於不明原因也從未要求加薪），也不同於必須計算超過八十名工作人員的薪資，還要考核他們是否請病假，誰是工會代表，顧慮法定的工作時間，以及他們每個人的職業生涯規劃。但這兩個位置，黑俄德卡斯二手書店店主，以及出版社經營階層，卻也有些共通點——文學、人、收入和支出，就算兩者的規模極端不同。不過出版社的書籍上市的時候都還沒有人碰過，沒有被閱讀過，也尚未令人歡笑令人哭。

不管字母還是標點符號。

卻是另一個世界。

可能再次成為他的世界嗎？

尤安和馬格努斯離開出版社時，時針指向晚上八點半。他們搭計程車到尤安的旅館，從那裡前往餐廳，馬格努斯已經在前一天訂了兩個人的位子。古妮拉沒辦法過來，她要上有氧舞蹈課，和帕特里西亞一起。

「帕特里西亞也做有氧運動？」尤安詢問。

他和馬格努斯坐到餐廳後端角落的桌子旁，這個位置確保一定的隱密性。

「對，已經兩年還三年了。讓人靈活，保持好身材，至少古妮拉是這樣，相信我。我想帕特里西亞卻不會有太多改變，她真的是個不錯的伴侶，相信我。聰明，經濟獨立，漂亮，有氧運動鍛鍊過的臀部，夫復何求？」馬格努斯又笑了出來，對酒侍做了個手勢。他點了一瓶香檳，要求看菜單。

「我們現在就要慶祝嗎？」尤安問：「慶祝什麼呢？」

馬格努斯微笑：「不能疏於慶祝，不一定要有了不起的理由，否則就會忘了怎麼慶祝。你最後一次真的大肆慶祝是什麼時候？」

尤安想了一下：「聖誕節，應該是。」

「有很多賓客、香檳等等？」

「剛開始我一個人，後來加進幾個朋友。有聖誕火腿、鮭魚和啤酒。」尤安隱瞞馬格努斯，這些去年平安夜來訪朋友的家鄉是在封面內，理由相當充分。這些遇合如今感覺這般遙遠，有如未曾發生。

「啊哈。黑俄德卡斯的狂野派對是這種樣子啊？聖誕火腿、鮭魚和啤酒？」馬格努斯開玩笑地說，把尤安從他的二手書店思緒拉出來。他舉起杯子，橫過桌面，就在中間的裝飾花束上方，邀約地說：「天哪，年輕人，我們在幾年前的慶祝可完全不同，不是嗎？**乾杯**，尤安，歡迎回到斯德哥爾摩和出版社。」

尤安舉起他的香檳杯，和馬格努斯碰杯。

馬格努斯隨便翻了一下皮封面的菜單，隨即闔上。

「你不介意的話，由我來點餐，讓你自己驚喜一下。這家店不壞，但是有一道菜做得特別好。」

尤安不反對。馬格努斯從冰桶拿出香檳瓶子，想再倒一杯，但酒侍看在眼裡，急忙過來接手。馬格努斯點了兩份北海綜合海鮮當前菜，然後是賓利士醬菲力牛排，配菜是「楊松的誘惑」和燻肉豆，搭配勃艮第紅酒。

「這裡有斯德哥爾摩最好吃的肉，可能是全瑞典最好吃的。」等侍者離開之後，他說：「回到生意上，你還在等什麼？還是你還有其他的，可能更好而我不知道的邀約？」

尤安搖搖頭，用餐巾把嘴巴擦乾淨，「沒有，當然沒有，我想你知道的。我無法想像比你提出的更好的條件。我是說，這麼幾年後回到同一家公司，擔任同一個職位，很難有更好的條件。」

馬格努斯點點頭說：「的確，而且對你也相當有利，至少比世界盡頭某處的文學咖啡和二手書店有利得多。」

酒侍讓馬格努斯的話中斷，奉上他點的紅酒，打開瓶子，讓馬格努斯試酒。酒侍又消失之後，馬格努斯重拾話題。

「請不要惱火我的大白話，我只是為你好，而且我很清楚你的本事，尤安。我很誠懇地告訴你，稍微努力一點，我一定能找到其他可以把這個工作做得和你一樣好的人。」

馬格努斯刻意停了一下，喝了口酒，朝著尤安彎身，像要透露大秘密似的，然後他說：「但是這個其他人選和我既沒有共同的過去，也不能像全然託付你一樣信賴對方，你了解嗎？」

這時兩個服務生走過來，端上前菜，還有餐廳自製的薄脆麵包。

「而且你可以信任我，你知道的，對吧？」馬格努斯問他。

尤安嘗了他的海鮮拼盤，非常美味。「我很久沒有覺得這麼好了。」他說。「真高興聽你這麼說。而且我還想透露一些事情，也許真的可以當作慶祝的理由。」馬格努斯擠眉弄眼，和尤安碰杯，喝了一口，然後把一大叉子海鮮塞進嘴裡，享受地咀嚼。「只要你說你要回來出版社，我們就會變更出版社的名稱，」他解釋：「當然不能再用**洛文及艾利克松出版社**。並非對佩爾不敬，願他的骨灰安息，但是他已經過世，不管有多遺憾和悲哀，生活還是要繼續。因此公司當然必須改名成**洛文及安德松出版社**，我已經和公證人談過，不是問題。」

「**洛文及安德松**聽起來不錯，」尤安深思地說：「甚至相當熟悉，就像出版社一直都是這個名稱一樣。」

「要是你問我，聽起來甚至比**洛文及艾利克松出版社**更好。」馬格努斯微笑著說。

「佩爾的墳在哪裡？」

馬格努斯吃驚地望著尤安，把空杯放在盤子旁邊，「他的墳？」

「我想去看看他，這是我欠他的，也欠我自己。」

「他葬在 Skogskyrkogården，」馬格努斯告訴他，「在林地公墓。」

不久來了兩名酒侍，收走香檳杯和前菜的盤子，為餐桌鋪上主菜的桌布。主菜也十分傑出，烤成粉紅色的肉在舌尖融化，和賓利士醬、馬鈴薯與洋蔥的膠質混合成真正的味覺爆炸。所以這就是斯德哥爾摩的生活啊，尤安想著，他幾乎都忘了。

「把帕特里西亞的電話號碼再寫給我一次，」他最後對馬格努斯說：「我想，我明天會打電話給她。」

4 高大黑色貴賓狗好像在笑

太陽在微雲的春日天空照耀，帕特里西亞有時間。她當然有時間，顯然她樂於和尤安一起消磨時間，顯然對他的期望不止於此。帕特里西亞知道，古妮拉知道，馬格努斯知道，尤安現在也知道了，雖然他絕不可以知道，此外馬格努斯被古妮拉攔著，他不許在帕特里西亞或是尤安面前被看穿。畢竟她可是投入了身為保密好友的名聲。於是所有關係人在相互承諾與義務之下就當作什麼都不知道，也為了好在適當的時刻，一旦情況要他們這麼做，就可以驚喜地看穿一切。有一點像在幼稚園裡的舉止，但尤安也一起玩這個遊戲。總有些激動的感覺，甚至帶來樂趣。

尤安思索著，在黎娜之後，最近──除了一次無足輕重、純粹生理驅動的夏日冒險之外──和他一起長年、每回共度幾個鐘頭的女性住在黑俄德卡斯，名叫阿格妮絲。那甚至可能是一段愛情故事，但就算果真如此，也是她單方面的愛戀，而且也會維持現狀。

至於帕特里西亞，尤安不想排除任何可能性，因為單論外貌就讓尤安喜歡，即使對她所知不多。只是道聽途說的幾個事實如年齡、收入多寡、職業、男女關係現狀，以及對她鍛鍊過的有氧臀部狀態的模糊猜測，這些已經超過覺得某人有魅力所需的一般必知訊息，這些訊息導致他昨天決定打電話給帕特里西亞，和她約會，其影響遠超過尤安願意對自己承認的程度。

尤安尋找的不是一個新的女朋友，而是尋找改變生命，或許甚至是讓他留在斯德哥爾摩的理由。當然不能排除，這些理由之一雖然可能只是暫時的，但卻相當誘人。恰恰相反。

帕特里西亞指著尤安手裡單一枝白丁香：「獻給佩爾的？」

尤安點點頭：「我今天早上匆忙準備的。佩爾喜歡白丁香。」

帕特里西亞執意要開車送尤安到墓園，雖然他堅稱，墓園對第一次約會實在是個超乎尋常的地點。相反地他建議，他們在這之後到舊城一家宜人的咖啡廳碰面，他可以搭計程車前往。但是，超乎尋常似乎也是帕特里西亞的一部分……

「我覺得你想去給從前工作夥伴上墳是好事。」她說。

「我欠他的，昨天我也跟馬格努斯這麼說。」他解釋。

帕特里西亞打方向燈，轉進舊泰瑞斯路，從主要街道轉向林地公墓。「馬格努斯說了我些什麼？」

尤安從側面看著帕特里西亞，她的臉色曬得稍棕，線條細緻（甚至可能有點西班牙），但是她的眼睛藍得像浮誇的夏日天空，絕對是瑞典的。

「女律師，地位良好，單身，討人喜歡。」尤安回答。

帕特里西亞打從心底地笑了出來：「這是我聽過對我最簡短、最不帶情感的描述。」她望向尤安。「你不常和女性出遊，對吧？」

「以前經常，」他說：「但是近幾年我寧可看書。」

「難怪，古妮拉對我仔細說過你住在哪裡。但是看書很少出錯，相信我，就算一本不那麼好的書，通常也勝過大多數的人。至少我個人經驗是這樣。」

「或許吧，」尤安說：「但是也有些例外，要是妳遇到一個比詹姆斯．喬伊斯筆下的尤里西斯更糟的人，請務必告訴我，我非得認識這個人不可。」

「我會的，我答應你。的確是本難讀的書。」

尤安驚訝地問她：「妳真的讀過？」他轉向她，從側面望著她，帕特里西亞微笑著。他們身後迤邐著一排有著小小綠色前院的房子外觀。

「我大概堅持到三百頁，然後就放棄了。那麼，我通過你的智力測驗了嗎？」

尤安微笑。

「那麼你呢？你看完整本書了？」帕特里西亞問他。

「看完了，直到最後一頁。」

「真遺憾。為什麼呢？」

「這是文學上少數幾本非常重要的作品之一，將主角個人成長和內心生活融合歐洲最相關的兩條文化主流，也就是猶太文明和希臘古典。」尤安回答她。

帕特里西亞在十字路口停下來，讓一部右方行駛車輛通過。

「事實是，」尤安嘆了一口氣：「我**必須**讀，因為我在大學主修文學，接受以這本書為主題的測試。真可怕。」

他們彼此沉默地對望了一會兒，然後笑了開來。感覺不錯，熟悉得嚇人。

「我沒想測試妳的智力。」他讓自己平靜下來後這麼說。

「才怪，你就想測試我。」帕特里西亞咯咯笑著反駁，從手提包裡拿出一條手帕，按乾眼裡的一滴眼淚。她的臉扭曲著，只有化妝的女性才有的表情。

不，我不想，尤安想著，我只想和妳聊天而已。

帕特里西亞重新收起手帕，繼續開車。

「沒關係，」她說：「我之後問你幾個段落，看看你怎麼招架。」

街道緩緩向左彎，帕特里西亞的表情卻嚴肅起來，她朝方向盤前方示意，

「我們立刻就到了，前面就是林地公墓。」

尤安望出擋風玻璃。林木茂密的墓園上方天空裡，白雲堆出巨大的柱子，有如直達天空無盡處。

尤安未曾來過這裡，在這城裡的那許多年也沒有——當時。從沒有理由來到

這裡。如今，以他的年紀並不常到墓園，從前他比較年輕的時候更沒有理由。某個時候，祖父母早已入土，自己的雙親還可以活幾十年，同齡的人原則上不會死，頂多生病或意外逝世。此外，斯德哥爾摩一共有十一座墓園，即使其他墓園不像這座那麼美——要是能這樣形容墓園的話。

尤安對這裡的寧靜、參天古木和羊腸小道皆感印象深刻，小路形成錯綜複雜的網，讓整個墓園像是被血管網路貫穿。路邊盛開著燦爛的花朵，在它們還沒有成為除草機下亡魂之處。天氣很溫暖，鳥兒啁啾，牠們似乎也喜歡這座墓園。太陽從樹顛灑下陽光，有如燦爛的五色籤，在松樹幹之間和及膝的蕨類上閃爍，有些蕨類植物還長到剛割過的草地上。

墓園的另一頭正舉行葬禮，距離太遠，看不清臉。突然間尤安注意到帕特里西亞勾著他的手臂。難道他真的如此陷入沉思，以至於他沒注意到？他稍微僵硬，但是她沒注意到，或者她成功地將之隱藏在她溫婉的表情下。

過了沉默的幾分鐘，尤安才回神，轉向右邊一個墳墓。他望著時尚卻又不褪流行的花崗岩墓碑，無襯線銀色碑文，正是佩爾．艾利克松的風格，就像他過去穿著的深色細條紋西裝，搭配義大利半筒皮靴。

「就是這個，區域126Z，墓碑編號00179。」襯著熊蜂轟隆飛過的死寂中，尤安吐出這句話。

「他才活到四十五歲。」帕特里西亞輕聲地說，顯然深受此一現實的觸動。

「佩爾比我大不了十歲。」尤安透露。

一陣冰涼的風輕穿過林木，帶著一絲寂寞和終有其盡的感受，幾乎難以承受。

墓園某處有隻狗吠叫著。

距離遙遠之處。

如果真是隻狗。

尤安抬起頭，向上看，又恢復寂靜。太陽消失了，天空灰濛濛。他走向前，將白丁香橫放在墓碑上，站定一會兒，然後向後退回帕特里西亞身邊。

「還好吧？」她探詢著。

「不，」他回答，「一切都不對勁，只有幾件事說得上好，坦白說其實很少，我想絕大部分還需要一段時間才能回到正軌。」他打起精神，轉向她：「我們離開這個哀傷的地方，去哪兒喝個咖啡吧。我們畢竟這樣約好的，不是嗎？我現在很需要做些什麼轉移注意力，有點娛樂。」

「沒問題，」帕特里西亞回應，鼓舞地微笑著：「我們走吧。」

她重新勾起尤安的手臂，溫柔地帶著他走。

他們走了幾步，帕特里西亞顯然很認真地回應他對娛樂的需求，把墓園的廣闊當引子，詳細地說起她的雙親，進而談到她居住地區的不動產價格趨勢（一個名為索倫蒂納的小地方，在斯德哥爾摩北方約半小時車程）。尤安對這兩件事並不特別感興趣，但是他感激帕特里西亞對他述說這些事情。他越來越喜歡她聲音的溫度，以及她的陪伴。

尤安不明白為什麼，但越來越遠離佩爾的墓地時，好似有什麼促使他再次不經意向後望了一眼，他才剛這麼做，整個人就嚇了一跳。他看到一幅離奇的畫面，在墓碑的鋪石邊緣，就在刻著銀色字母的光滑花崗石邊，坐著一隻狗，一隻深黑色的貴賓狗，牠的毛色發亮，幾近突兀地顯得打理有加，剛梳好毛髮似的，就像牠才接受過犬隻美容師的服務一樣。短短的鬈毛在風中舞動，顯得平靜，牠好像在微笑。牠的眼睛發亮，深深地望進尤安充滿渴望的靈魂。

帕特里西亞顯然注意到他的僵硬。

她問：「怎麼回事，尤安？」但是在她轉身跟隨他的目光之前，那隻狗如閃電般消失在樹木之間。

隨即開始下雨。

5 空餘春

帕特里西亞帶著尤安走進舊城邊一家無比優雅的咖啡廳，裡面以古董家具裝潢，保留了上個世紀的風華，於是若在這一刻，走進一個高大、穿著三件頭西裝，戴著圓頂禮帽、單片眼鏡，拿著手杖的先生，身邊還有一位穿著箍裙的女士，寬寬的銀別針夾著披肩，頭髮細細地盤起，尤安可是一點也不感到驚訝。

異乎尋常的是這位女士除了小小的、縫著幾百顆珍珠的手袋，以及一把漂亮的絲質雨傘之外——這兩樣都掛在小手臂上——她手裡還拿著一本書。尤安徒勞地想看出她手上拿的是哪本書，但是沒有成功，即使他知道他認得那本書。這本書和這位女士不相稱，書不屬於她的時代。

這位女士略看了他一眼，微笑著，幾乎羞赧，這時尤安知道，他也認識這位女士。但是他偏想不起她是誰，真痛苦，就像在夢中試著看出錶上的時間。

她對尤安低語些什麼，尤安並不明白，但他領悟其中意義。那本書，他必須找到那本書。她猶豫地把書遞給他，那本書有著皮封面，精緻裝飾的書背，書頁切口燙金，封面上有鍍金標題。但即使尤安竭盡全力還是無法看出書名。

此時這位年輕女士的男伴顯然注意到尤安，他牽著一隻高大的黑色貴賓狗，一隻肥胖又醜陋的蒼蠅繞著狗飛鳴。那隻狗盯著尤安，非常低聲地咆哮，顯然只有尤安聽得到。那個男人摘下他的禮帽，在身後關上咖啡廳的門——銅鈴輕響，傳進尤安的耳朵。

這時男士走向女士，不友善地看了尤安一眼，不怎麼溫柔地拉扯她的手臂，拉著她走向一張空桌，兩人坐定。黑貴賓乖巧地坐在主人身邊，繼續對著尤安低吼。尤安瞬間覺得認出這個男人，他是那個在黑俄德卡斯出現在尤安面前的雲遊大學生。但是他的面容就像記憶一般快速地模糊，黑貴賓脫逃，像是被禁止的幻象一樣消失。

這時外面突然傳來聲響，尤安從咖啡廳窗戶看出去，一個馬車夫駕著雙騎馬車在鵝卵石街道上踢踏而來，他用韁繩拍打在兩匹馬的寬闊臀部上，多次大聲咂著舌頭，此時他的頭深埋在兩肩之間，幾乎像隻烏龜，閃亮的大禮帽被他拉低蓋住臉。但是迎著密密地打在身上的春雨，這麼做也沒什麼用處，他披在身上的蠟斗篷亦然。

這時尤安才看出，那個車夫竟是他的前工作夥伴佩爾．艾利克松。他望了尤安一眼，問候地點了一下溼透的帽子，然後搖搖頭，宛如想阻止尤安做些什麼，或是對尤安的做法表示不認同，但就在他這麼做的時候，他駛離了幻境。

無聲無息。

身後只留下春天。以及雨。

還有撕心裂肺的孤寂感。

再一次。

「尤安？你做了白日夢嗎？」

他嚇了一跳，抬起眼來。帕特里西亞從化妝室回來，重新坐到位子上。

「很可能。」他回答，按摩自己的脖子，稍微從椅子坐起身。他一定真的短暫閉上眼睛，「我不知怎麼倦了，雖然今天還沒做什麼事。」

「我想，因為今天這個日子，你一定沒睡好覺，剛才又情緒波動，」帕特里西亞體諒地說：「不過佩爾的事情，我們去墓園看他是好事，這一點我很確定。」

然後她微笑著，又說了：「喝掉你的咖啡，你就會振作起來了。」

她啜飲著她的熱可可，鼻尖沾了一點點鮮奶油。她笑了一下，擦掉鮮奶油，舔著她的食指。

尤安也喝了飲料，咖啡雖然不那麼燙了卻很濃，「妳看看我們有多幸運！我們回來的時候才開始下雨。」

「的確，」帕特里西亞望著街道：「或者是來自上天的邀約，要我們去博物館？你上次看展覽是什麼時候？」

「歷史農業機械、古董展和地區畫展算數嗎？」

「不算。」帕特里西亞說。

尤安努力回想，最終他答道：「這樣的話，我想是我最後一次和女性約會的同一年。」

「那麼就是去黑俄德卡斯之前嘍？」

「去黑俄德卡斯之前。」尤安印證她的說法。

「那麼該是時候了，恭喜你！今天是你的幸運日，等我們喝完，我們就去彌補一下。你覺得當代美術館如何？我覺得，四年間，那裡有你在你的牛舍裡最跟不上的變化，至少在藝術這方面。」她突然停了下來，直到此刻她才注意到，她剛說的話可能有些傷人。「抱歉，」她伸手放在尤安的手上，「我不是那個意思。」

尤安笑了出來，搖搖頭說：「不，不，沒關係。我想妳說的相當正確。黑俄德卡斯是個小村子，牛多得很。過去四年，我的心思過度集中在過往、舊書和我個人身上，我早已經常有種快發瘋的感覺。我確實對世界其他部分所知不多。因此我錯過最多的必然是現代藝術發展。正因如此，我們應該去當代美術館看展覽。恐龍、維京人和瓦薩號的展覽應該一點都沒變，這些遠在我離開斯德哥爾摩搬到鄉下之前就一直展出。」

帕特里西亞輕輕地按了尤安的手，然後溫柔地放開他：「和你一起消磨時光很有趣。」

「謝謝，我也喜歡和妳在一起。」尤安說，微笑以對。他朝著服務生招手，為帕特里西亞的熱可可和自己的咖啡，還有他們吃的乳酪三明治買單。

「謝謝你請客，如果我們今晚共進晚餐，我會回報你的。」帕特里西亞站起身來。

「沒關係，」尤安說著，幫她穿上外套，「不過晚餐對我倒是新鮮事。」

「我們當然會去吃飯，這是你重新回歸社會計畫的重要部分。我就說了，今天是你的幸運日。先是當代美術館，然後正式和一位女性約會。」

「我同意，我完全接受這個計畫。」尤安說。他穿上外套，望向時鐘，已經十二點四十五分了。「不過我還必須去雷斯特馬卡加坦的一家二手書店。」

「你想找什麼書？」

尤安猶豫：「坦白說，我還不十分確定。我只知道是本棕色的精裝本，書背有裝飾畫，燙金書頁切口和壓印書名。」

帕特里西亞的臉色顯得毫不理解。「如果你不知道那是什麼書，也不知道書名，你怎麼知道書是棕色，有燙金書頁切口和壓印書名？」

「好吧，我承認，聽起來瘋狂，但我只要看到那本書，我就一定認得出來。」

「所以你畢竟知道是那本書？尤安，你令我困惑。」

尤安猶豫不決。他怎麼知道這本書，以及他何時最後一次看到書，都不可能向帕特里西亞透露。他還沒那麼了解她，即使未來她比阿格妮絲更親近他，他或許也不會告訴她。

「我曾經讀過一次，但是一時想不起書名和作者。我只知道那對我是極端重要的一本書。」

帕特里西亞看著尤安，好似積極地尋求解釋，解釋這個以她的觀點來看不易理解的行為。或許她也擔心，在黑俄德卡斯遠離斯德哥爾摩文明的這段時間，對尤安造成無法修復的傷害遠大於她最初願意承認的。

「我不明白，不過若是對你很重要，那就這樣嘍。但是，如果你不是非要今天開始尋找的話，我會很高興，要不然我們會有時間問題。**當代美術館**晚上六點就閉館了。我覺得時間太匆促，尤其是我們之後還要梳洗，然後共進晚餐。我不想打斷你的計畫，但是你或許可以改天再去找這本書。」

帕特里西亞切切地望著尤安。看起來像是她快速想出的簡單二選一，事實上卻是個**原則性**的抉擇。尤安舉棋不定地傾聽內心，想知道實現這個或那個需求，會是正確或錯誤。最後他做出決定。

「妳說得對，二手書店又不會跑掉，」他微笑地承認：「我們去美術館，晚上一起好好吃個飯。」

晚上六點半，尤安回到他在阿森納加坦的飯店房間。下午和帕特里西亞一起在當代美術館的確令人印象深刻，他非常享受。他們取笑一些弱智的藝術品，討論寓意深遠的作品，漫長地談論一些看起來毫無意義的作品，直到作品能被歸類到前兩類之一。棕色皮封面，金色壓印的書名——他總有一天會去二手書店看看……

尤安讓旅館接待處把房間鑰匙給他，走上寬闊的樓梯，他確定自己停留在斯德哥爾摩的時間將比預期的長。接待處確認，他的房間還可以使用兩個星期。斯德哥爾摩在這段時間剛好沒有重要展覽，旅遊的主要季節從六月才開始。尤安先預訂到第二天，保險起見，他還想在這裡多睡一晚，即使他並不知道，現時還有什麼能改變他的心意。

他沿著榛子色帶金黃花樣的地毯走到他的房間，打開房門，坐在床上，伸手拿過電話機。電話響了五聲。「貝爾提松？」

「嗨，古納爾，是我，尤安。你們好嗎？」

「尤安！」愉快的回應，「聽到你的聲音真好。我們都好，老樣子，你知道的，沒什麼事。灰鶴這時都到了，所以第一批遊客也來了。很多人問起，辛歌瓦拉咖啡館何時再開張呢。會開下去吧？你很快就會回來了嗎？」

「我就是因此才打電話。不會，古納爾，我想不會開下去了。發生了一些事，我想我應該會再停留兩星期。」

「噢，」牧師驚訝地說：「你在斯德哥爾摩收穫如此豐碩嗎？」

「收穫豐碩？我不會這麼說，因為有些事情需要的時間比預計的長。」

「我了解，」古納爾．貝爾提松沉默了好一會兒，最後他問道：「你到底還會不會回來？」

尤安猶豫著，「我不知道。」他終於回答。「我此刻只知道我感覺不錯，但是不知道不久的將來會怎樣。」

「上帝的道路無法解釋。」牧師輕聲地說。

「我一點都無法反駁這個論點，」尤安回答：「阿格妮絲在嗎？」

「不在，她和碧爾吉塔一起到烏德瓦拉去了，那裡今天有市集。但是她們一定很快就回來了。我應該轉告她什麼嗎？」

尤安突然間僵住。

他的背脊往下一陣熱一陣涼。

不可能，但顯然是真的。他和貝爾提松牧師說話的時候，眼光環梭著旅館房間——經過牆壁、圖畫，投向窗戶、浴室門，掃過鑲板的天花板和地毯……就在那裡，他清楚地看到了。米色地毯絨毛上有印子，像是兔子的腳印。他沒弄錯，他能分辨不同野生動物的足跡。在黑俄德卡斯，身邊都是獵人，經年累月他也學會辨別。

「怎麼可能有這種事。」他結巴地說。

「尤安？」電話裡傳來聲音：「尤安？你沒事吧？」

他目瞪口呆。

「古納爾，我必須掛斷電話了，目前一切都沒問題，只是我……忘了辦一些緊急的事……我……我會再打電話。請代我向阿格妮絲和碧爾吉塔問好。再聊。」

尤安掛掉電話。然後他從床上滑到地上跪著，之後再慢慢爬向這串可疑的足跡，足跡從入口延伸到浴室，接著就在這裡消失了。往前進方向有兩個長長的足印，後面兩個短短的足印。每個孩子都能用手指在沙上或雪上模擬兔子的腳印。

浴室漆黑一片，門半倚著。他今天早上沒關上浴室門嗎？尤安已經忘了。他的心臟在胸膛裡有如發狂地跳動。並非害怕很可能只是隻小兔子，比較擔心的是不知道牠從哪裡來。尤安振作精神，從地板站起來，打開浴室門，同時開燈，走了進去。

他環顧四周，空間頂多六平方公尺，不可能藏身其中。甚至藏不了一隻小兔子。

尤安放寬心地吐了一口氣，即使如此，他不明白其中發生什麼事。

他再度跨出浴室的時候，地毯上的足跡也消失無蹤。

6 黑白之間

斯德哥爾摩當然還有無數餐廳，但是昨天和馬格努斯共進晚餐後，他十分肯定入住飯店裡的餐廳，而且知道那裡有什麼等著他。尤安因此建議帕特里西亞，八點前在旅館吧檯喝杯餐前酒，然後共進晚餐。

當晚是這難忘一日的成功收尾，他的日子，正如帕特里西亞不厭其煩所強調——從柳橙肯巴利，再次表現絕佳的套餐，到他們有趣又有意義而且絕無冷場的對話。

就在他們今天下午踏進當代美術館之前，尤安還有些後悔對帕特里西亞讓步，沒有順從原先的內心渴望而前往二手書店，好尋找那本有著棕色皮封面和燙金書頁切口的不祥精裝書。但是這個需求慢慢消散，直到他最後完全忘記這回事，有如這本書和對書的回憶從不曾存在，好似某人對尤安的腦子施了遺忘咒，將過往的畫面以柔軟但無法穿透的濃霧覆蓋。

共進晚餐之後，帕特里西亞和尤安又到吧檯喝了一杯餐後酒和一杯咖啡。大約十點半，兩人在旅館大廳道別，悠長地吻別，但是分別落在他的雙頰而非脣上。

在這一刻，尤安完全能有其他想法——他入住的旅館房間畢竟有著夠大的雙人床，但是他和帕特里西亞心照不宣地決定今晚不**那麼**做。還不到時候。

他們才第一次約會，雖然兩人都是成年人，也都是自由身，卻奇怪地覺得還太早，有點不太恰當，這種情況之下並不適合。於是就止於顯然太久的吻頰，稍微過度熱情的擁抱，以及按住他的手稍微久了一些。

隔著關上的旅館玻璃門，一部計程車停下，帕特里西亞再次回首看了一眼，然後她上車離去。他們約好週五再次共進晚餐，不能提早，因為她在星期四之前公出到奧斯陸。在約好的星期五晚上也許有些什麼值得慶祝，因為馬格努斯想在這一天和他締結出版社合夥關係，就在帕特里西亞的事務所簽署相關合約。先決條件是，他和馬格努斯在接下來三天協商沒有出現反對合夥的事由，尤安無法想像會出狀況，可能根本也不想要負面結果。

於是尤安在星期天——這天雖然是神聖的休憩日，馬格努斯至少和他在上午前往出版社，然後才和孩子們以及古妮拉駕著同名的動力帆船往岩礁出遊——以及一整個星期當中都沒有發現任何理由，促使他改變重新回到出版社的決定。完全相反。

最後，星期五早上十點用過早餐後，他走出飯店，在耀眼的五月天前往帕特里西亞的事務所時，他只覺得太棒了。所有的疑慮就像被吹走了，他前晚睡得很好，不再發現兔子的足跡，他眼前沒有出現漆黑的貴賓狗，他甚至感覺變得年輕，更加挺直腰桿走路，有如背包去掉了沉重無用的負擔，那是他從前出於不可名的因素，恆常馱負的重擔。今天早上他只帶了公事包，好在事後把合約放進去。

尤安跨越街道，筆直地走向歐斯特馬姆。距離帕特里西亞和她兩個同事的事務所已經不遠，也許只剩十分鐘或十五分鐘步行的路程。尤安稍微鬆開領帶，他——是啊，他必須對自己誠實——畢竟有點激動。並非他未曾和律師或公證人會面，但很少像今天要做出這麼重大而且奠定方向的決定，除了以前成立出版社，以及離開出版社、前往黑俄德卡斯那天之外，但是兩回都已經是幾年前的事了。

他會先和馬格努斯簽訂一份為期三個月的工作合約，附加重新投資成為出版社合夥人的條件，公司改組之後，尤安的名字將取代公司名稱當中佩爾的名字。和佩爾家族的一切都在簽約前談妥，馬格努斯告訴尤安，馬格努斯找上他的寡妻和女兒時，她們看來幾乎鬆了一口氣。

尤安很快就能籌足買下股份的錢，他的錢絕大部分都還收著。他在黑俄德卡斯的老農舍，以及咖啡店和二手書店的建立雖然花了他一些錢，但是他還剩下足夠的錢；人們在黑俄德卡斯吃的原則上多是報紙包起來的煙燻魚，而非澆了賓利士醬的烤里脊肉片。除此之外，黑俄德卡斯的農舍也能帶來一些收入，畢竟尤安在過去四年經常翻修農舍，還擴建舊穀倉。而且馬格努斯很迎合他，所要求的不多於尤安當時向他及佩爾贖回股份的錢。因為，雖然銷售量確實不像從前高得令人心馳神搖，馬格努斯深信，隨著尤安的加入，出版社的財務狀況應該會在最短時間內重新好轉。而且他就是覺得，和尤安一起工作，而非獨自一人承擔責任要簡單多了，畢竟如今佩爾已經去世。

尤安沉思地走過斯德哥爾摩舊城區諾馬姆，他選擇直走穿過往歐斯特馬姆的小街小巷，直到他突然停下腳步。雖然晴空萬里無雲，幾乎有如夏日的氣溫，突然一陣冰冷而他無法解釋的風向他襲來。直到他張眼一望，才知道自己身在何處：在雷斯特馬卡加坦的十字路口，那家二手書店坐落之處。

他望向自己的手錶，才剛十點半，他太早出發，因為他無論如何都想準時到達。但現在他離赴約還有半小時，而步行只要幾分鐘。要是太早到，也會讓人留下不好的印象。

他隨即決定走出諾藍加坦，向左轉。風這時迎面而來，吹拂越來越強烈也越冰冷。或者似乎只有他注意到？街道上只有幾個人，笑著，穿著T恤、短褲和裙子，有如他們身處另一個現實。尤安拉起他的夾克拉鍊。

他緊張地轉身。

有種被跟蹤的感覺。

但是根本沒有。

他是怎麼回事？一定是那本奇特的書又重新浮上他的心頭，棕色皮封面精裝書。精緻裝飾的書背。燙金書頁切口和壓印的書名。他的輕盈消失無蹤，他的決心動搖。為了一本想像的書？為何如此折磨他，為何又再出現？

如果他不尋找，將永遠無法解開這個謎團。

不一會兒，尤安抵達那家小小的二手書店，美妙的新藝術版本立刻就透過櫥窗衝著他笑。書店裡一個矮矮的男人快速地在黑暗的空間裡穿梭，搬動一堆又一堆的書。尤安把門推開一條縫，困惑地停住，他認得這個銅門鈴聲，他以前聽過一次，但是又有些不同。他直覺地轉身，幾乎快被嚇死，他確實被跟蹤了，街道對面的陰影下，兩部緊接著停放的車輛，就在行李廂和散熱器之間，正坐著那隻黑貴賓，尤安在林地公墓，還有和帕特里西亞一起喝咖啡時已經看過牠。

黑貴賓盯著尤安，難以解釋，歪著頭，有如牠正在考慮些什麼，雙眼閃亮。

尤安繃緊肩膀，轉身，將二手書店門完全推開，走了進去。

裡面溫暖而安靜，有著古老歷史的美妙氣息，立刻讓尤安內心平靜下來，明顯緩和他的脈搏。

「我能幫忙嗎？」舊書店主把一疊書放在桌子上，走向尤安。大約六十歲的這個男人個頭不高，小而敦實的身材，頭髮稀疏，整齊地梳在半禿的頭上。頭上缺乏的出現在他臉上，除了一大部濃密鬍子形成的陰影，他的眉毛顯然也毫無控制地生長，就像毛茸茸的毛蟲一樣濃密，落在他臉上一副過大的牛角鏡框上。透過厚厚的鏡片，一雙友善專注的眼睛閃閃發光。

「我在找一本書。」尤安說。

「噢，您找我就對了。」二手書商信心滿滿地回應。他似乎習慣了怪異的顧客，神色不為所動：「我有那麼多書，甚至得出售它們。」那個男人惡作劇地微笑著，但絕非傲慢。「您尋找特定的書，已經有具體想法，還是寧可靜靜地看看？」

「某方面來說，我有個非常具體的想法……」尤安回答：「聽起來可能滿奇怪，但我知道我想找的那本書的外觀，卻不知道書名。書的封面是棕色皮革精裝，精心裝飾的書背，燙金書頁切口，書名是鍍金壓印。」

「我懂了，」舊書商毫不為所動地說：「是啊，要是我們知道作者甚至作品標題，當然會很有幫助。但是我們先看看，缺少這些訊息，我或許也能提供您協助。這本書內容講什麼呢？您知道嗎？」

尤安毫無頭緒地聳聳肩：「我連這個也不知道，至少不確定。我以為我記得故事內容有點威脅性，同時又具普遍性。故事既充滿人性也有點超凡。」他說。

「聽起來是本全面又高水準的作品。」舊書商認可地說：「但是，如果我聽到這個描述沒有立刻想到幾百本書，也請您諒解。但是我一定有幾本……」

「主角是個旅人，」尤安突然叫出來，那麼大聲，就連習慣怪人的舊書商也嚇了一跳，「說得仔細些，是個雲遊的大學生。」尤安又加了一句。

「雲遊的大學生？」

「四處旅行的學子，至少對方是這麼宣稱。」

「他這麼宣稱？」舊書商懷疑地看著尤安。

「在故事裡，」尤安補充：「他當然不是親自出現在我面前。」他努力地做出令人信服的笑容：「而且我想我記得，這個旅行的大學生牽涉到一隻黑貴賓，某種程度上。」

舊書商點點頭，理解地微笑，然後向前跨了一步，猶如登上舞臺一般。他舉起一隻手臂，做出嚴肅的表情，清清喉嚨，以堅定的聲音說：

「原來這就是黑貴賓的核！[8]四處旅行的學者？這事令我發笑。」

之後他又放下戲劇性抬起的手，看著尤安。

「這是引述我唯一所知，書中同時出現旅行的大學生和黑貴賓的作品。我甚至會說，這是我所知唯一一本出現黑貴賓的書，不管有沒有旅行的大學生。書裡兩個角色反正合而為一。此外我認為，這個人物是這部作品的相對角色，因為主角當然只可能是……」

「浮士德。」尤安把舊書商的話說完，不過聽起來更像他自言自語。

「完全正確，」舊書商回應：「這是研究室裡的知名一幕。而且您知道嗎，歌德的《浮士德》在一八七六年才被同樣偉大的維克多．里德柏克從德文翻譯成瑞典文嗎？里德柏克幾乎因此更出名，勝於身為後來出版的《辛歌瓦拉》作者之名。您也知道這部作品嗎？很棒的書，值得推薦。絕對是瑞典晚期浪漫時期的長篇小說，我會這麼分類。」

「我怎麼能忘記？」尤安失神地問，因為他慢慢清楚，他在黑俄德卡斯廚房裡看到的是誰，「梅菲斯托。」他極輕聲地說。

「黑貴賓？對，確實，沒錯。」舊書商認同地說，推了一下厚重的眼鏡，又推到毛茸茸的毛蟲正下方，他忘情地發表里德柏克演說時，眼鏡稍微向下滑。然後他笑出來：「天啊，要先想到這麼做：把惡魔藏在黑貴賓裡！歌德真有幽默感，只能由著他了。藏在黑貴賓裡！《浮士德》是德語——哎，我說什麼呢——世界

8 已經相當明顯指向歌德的著作《浮士德》。

文學的大師之作。我雖然沒有一八七六年的初版，不過有一本極美的一八七八年版，而且是……」舊書商突然思索地打住：「奇怪……我想了一下，我確定這個版本真的是棕色皮封面精裝，燙金書頁切口，裝飾書背以及燙金壓印的書名。你怎麼猜到我剛好有這個版本？我得說真巧！」

「梅菲斯托詭計多端，還是個騙子。他撒謊、諂媚，他所做的一切都是為了取得你的靈魂。」尤安咬牙切齒地說著，一邊重心不穩地抓著一邊的書架。

「您沒事吧？」舊書商明顯憂心地探詢，而且越來越感到不安：「您或許要喝杯水？」

尤安張開眼睛，「不用，謝謝，您人真好。我能看看您的《浮士德》版本嗎？」

舊書商的臉部線條鬆懈下來：「當然沒問題，請跟我來。」

他帶著尤安穿過兩條狹長走道之一，高及天花板的書架形成這樣的走道。走道末端是個類似閱讀角落的區域，舊書商指向有著四張椅子和兩盞閱讀燈的桌子。

「請坐，我把書拿過來，您就可以慢慢看。」舊書商說完就暫時消失了一下，然後再度出現，把書放在尤安面前桌上。

「請看，慢慢來。我十二點半才休息。」這時入口的銅門鈴響了起來。「我可以走開一下嗎？今天這裡像間鴿舍似的！」

舊書商說完就消失在書架之間，尤安隨即聽到一陣輕聲談話。

他望向面前那本書，身上冷熱交加。正是他在咖啡廳裡短暫瞌睡時，來自上世紀的那個年輕女性給他看的那本書。

尤安打開書本，開始閱讀。

你們又再度接近，閃爍不定的形影，
之前曾經發出陰沉的目光。
這次我該嘗試捉住你們嗎？
我的心還嚮往那種虛妄嗎？
你們步步進逼！好，你們或許掌控，
如何成陰霾與霧氣在我身邊升起；
我的胸膛感到青春的悸動，
魔風籠罩著你們前行。

你們帶來歡樂日子的景象，
升起一些親愛的黑影；
有如古老卻黯淡的神話
初次的愛戀與友誼繼之而來；

疼痛更新，重複抱怨著
迷走的生命，
說些美善，在美好的時刻
被幸運欺瞞，從我眼前消失。

尤安闔上這古老的《浮士德》版本，他還是無法理解。無疑的，這本書正是他在咖啡廳夢見的那一本，但該死的，怎麼可能呢？

這個句子尚未完全閃過腦海，突然一個深沉、優雅的聲音響起：「你召喚我嗎？我在這裡，隨時為你服務。」

尤安的脈搏奔騰。他轉身，看向兩條書架走道的左邊那條，林地公墓的黑貴賓就坐在那兒，距離他只有幾公尺遠，充滿期待地看著他。

「哎呀，哎呀！我要遲到了！」右邊走道突然傳來聲音，聲音聽起來既不深沉也不優雅，反而有如發自一個虛脫的小矮人。

尤安出乎意料地看到一隻白兔，這時正用腳撫過耳朵，揉著眼睛。但白兔身上最引人注意的——當然先不論牠能說話的能力——是牠身上穿著方格外套，底下是扣上的背心，而且手臂底下還夾著一把傘，手裡拿著一個懷錶。這時白兔把牠的金錶放回背心：「幸好我來得不遲，不會太遲。」

「你是《愛麗絲夢遊仙境》裡的白兔。」尤安詫異地發現。他還小的時候深愛這本書。

「沒錯。」牠回答。白兔友善地朝尤安點頭，一邊優雅地佇著牠的傘。

「你的文學知識令人印象深刻。」黑貴賓發出評論，朝著尤安的方向鞠躬致意。

「哎呀，你安靜！」白兔喊著，然後轉向尤安說：「你這會兒知道，誰才是現實中迷人的雜種，不是嗎？要防範牠，牠一開口就是滿嘴謊言。而且牠只想要讓你發生所有壞事。」

「毀謗，淨是毀謗，」黑貴賓溫和地反駁：「和我相反的你又想要什麼，你這顯然變得太小的家兔？或許想給尤安最好的？荒謬！果真如此，為何他在斯德哥爾摩這裡，而非和你還有他所謂的朋友們，待在黑俄德卡斯他的二手書店裡？他知道，誰真正站在他那一邊。」

「你對書和朋友根本一無所知！」白兔生氣地大叫。尤安確信，如果牠也是隻狗，牠也會憤怒地吠叫出這些話。

「你儘管哼哼唧唧，隨便你，依舊無法改變你只是童書裡一個蠢角色的事實。」黑貴賓氣定神閒地回答。「十分優雅又暖心，我必須承認。面對一個深陷危機的人，卻不足以提供建議和實質協助，你樂於告訴尤安現在幾點——我告訴他生命如何運作。」

白兔保持冷靜和從容，仔細看才看得出牠的鼻子呼吸時比較快速張闔。「我，愚蠢的角色？完全相反。你沒聽到舊書商之前怎麼說的嗎？你是歌德的笑話，如此而已。」

「要不是我對你那麼好，早就吃掉你。」黑貴賓咆哮著直起身來。

「你的速度可不夠快，」白兔回敬牠，準備好跳躍：「何況一個假象無法吃掉其他幻象，沒聽過這種癡話！」

「抱歉，但你們是否忘記誰才是主角？我才是，不是嗎？」尤安問這兩隻鬥雞：「告訴我，我敢情是瘋了嗎？」

「我想是的。」黑貴賓說。

「我不這麼認為。」白兔說。

尤安搖搖頭：「所以真相是大概介於兩者之間？在黑色與白色之間？」

「說得巧妙，」黑貴賓讚美他：「可惜說錯了。」

「大可以這麼說。」白兔加了一句。

「所以沒有中道？按照你們的看法，我現在該做什麼？」

「你面臨重要的抉擇。」黑貴賓說。

「沒錯。」白兔贊同牠的看法。「你必須抉擇。」

「而且是決定要跟隨我們之中哪一個。」黑貴賓說：「我可不想處在你的境地。」

「少說那些比喻的、模稜兩可的廢話。」白兔訓斥著。然後牠跳躍著接近尤安，仰望著他：「你知道黑貴賓和白兔的真正核心嗎？」

這時黑貴賓也站了起來，走近他：「這隻兔崽子和我之間只有一個關聯，也就是當下這一刻。我們任何一個雖然也代表過去和未來，但卻不是同一個。」

「我代表唯一的真愛，你曾認識卻又失去的那一個。」白兔說。然後牠低聲說：「不過你錯了，不要懷疑！」

「哈！低聲說話的都在撒謊，」黑貴賓說，然後接著說：「即使我也感到無比遺憾，我親愛的尤安，但是你親愛的黎娜已是昔日白雪。」

「遺憾？你？別讓我笑死！」白兔指責牠：「你根本沒有那顆心。」

「我的心比你整顆頭還大。」黑貴賓不為所動地反駁，然後牠對尤安說：「好好看清事實。我和這隻白兔不同，我代表你真正的未來，我的朋友，而非早已逝去的。新的愛情唾手可得，我說的是真正伸手可及。不是死去的女人，不是黎娜，她只是腦子裡的鬼魅，你無法滿足的愛情產物，脆弱心靈的渴望。也沒有瑞典浪漫主義作家在海水裡泡到發脹的書，只有真正的好對象，聰明，經濟獨立，俊俏，有氧運動鍛鍊的臀部，夫復何求？過去的就讓它過去，抓住眼前所有。你們是怎麼說的？寧可一隻黑貴賓在手，也不要屋頂上的白兔？」牠被自己的文字遊戲逗笑，牠的聲音溫暖而魅惑。

「哈！」兔子大聲說：「這地獄的惡魔卻刻意隱瞞，以這種方式，你只能淡化你尚未完結的過去，在你內心深處卻依然堅信，不是嗎？她將永遠是你的當下無意識的一部分，直到她死去為止。」

「老天在上，你很喜歡聽自己說話嘛，我的白色兔崽子。」黑貴賓搖頭低吟。「你聽起來就像是個沒有教堂的牧師，就算戴上桂冠葉也是在鍋子裡，而不是在聖壇上。你認真想要說服我們尤安，你油滑的言語對他有所幫助？」黑貴賓轉向尤安：「差得遠，我親愛的朋友。事實上，他把你送回充滿無法實現的夢想的二手書店，恰恰奪去你幸福生活的機會。而且這一切都只是為了繼續操控你，和他那些同夥一起。」黑貴賓又朝著小白兔說：「不是這樣嗎？我們兩個都很清楚，誰代表著愛與希望，誰象徵著墮落。」

「你是惡魔。」小白兔說。

「我可不這麼看，」黑貴賓反駁：「你是疾病的徵狀，我是解藥。」

「你只能跟隨我們其中之一。」小白兔對尤安說。

「對，就是這樣，」黑貴賓說：「這隻假兔子難得說了真話。」

舊書商和顧客的聲音輕輕地從前方傳進尤安的耳朵，另一方面他被高高的書架圍繞，坐在舊書店地板上，觀察著兩個文學角色，他們正督促地盯著他。他再次自問是不是深陷惡夢之中，還是身處以初步瘋狂懲罰他的現實。他深呼吸。

「你們根本不知道自己在說些什麼，」尤安說：「你們不認識我的黎娜，我們在船上相識的時候，我們相吻的時候，我們相愛的時候，我們的靈魂彼此碰觸的時候，你們都不在現場。」

「多浪漫，」黑貴賓帶著譏刺地嘆著氣，然後以堅定的聲音繼續說：「但是現在已經沒時間了，尤安。」

「喂，那是我的臺詞！」白兔朝著牠發火。牠對尤安說：「告訴我們黎娜的事。」同時鼓舞地望著他。

「你要是聽白兔的話，你就否定了你的未來，因為你會錯過你那個決定性的會面！」黑貴賓喊著。

「真相永遠不嫌遲。」白兔對黑貴賓說。

「和公證人的會面就會。」黑貴賓對白兔說。

尤安看看他的手錶，感到詫異。他感覺已經聽這兩個文學角色說話直到天荒地老，但其實才過幾分鐘而已。

「黎娜只能說是個美妙的人，」他熱切地說：「她是那種遇上之後只要幾秒鐘就知道，認識她能豐富人生的女人之一。」

黑貴賓眼睛骨溜溜地轉，白兔微笑地看著尤安。

「我永遠不會忘記一九八三年的九月，因為那銘刻著我生命的轉折點。」尤安繼續說：「之後發生的事情難以理解的美好，同時也是最深刻的哀傷。那是我遇到一生摯愛，不久之後她就被冰冷海洋吞噬的一天。」

「我很了解你的感覺。」黑貴賓顯然深受尤安話語感動地說，一邊還用爪子揉眼睛，抽著鼻子。

「好一個偽君子。」白兔清醒地說，厭惡地搖搖頭。「想想看，尤安，黎娜將會永遠是你的一部分。失去對愛的信仰就失去一切。做出正確的決定，生命不會等你，有些機會不再來。」

「這是我要說的話，但是相信不代表知道，尤安。」黑貴賓舉起爪子堅持：「過去源自消逝，做決定的時候不要忘記。因為已經過去的已經消解，消逝無蹤，煙消雲散，永遠死亡。」

尤安臉色蒼白地閉上眼睛，按摩著頸項。和黎娜在一起的短暫濃情時光的記憶，無限遙遠卻又如在眼前，這時又讓他愁上心頭，即使這兩個文學角色遠不是曾出現在他面前最難纏的角色。但當他再度張開眼睛，黑貴賓和白兔已經消失。

站在他面前的是舊書商。

另一個顧客這時一定是離開了。

「您喜歡這本書嗎？」

尤安把椅子向後推，拿起桌上的《浮士德》，站起身來說：「我還不知道，但是無論如何我還是買下來。多少錢？」

「八百克朗，因為買家是您。」舊書商說。

7 一次做出多個生命決定

尤安重新回到街上站在二手書店前，《浮士德》乾乾淨淨包在報紙裡，夾在手臂下，他卻依舊不確定，和來自世界文學經典裡兩隻動物的詭異相遇，他究竟應該從中做出哪個結論。

黑貴賓還是白兔？白或黑？未來或過往？知道或相信？沒有人能讓他徵詢這方面的意見。

他覺得渾身不自在，而且懷疑不管做出什麼決定，他都可能犯下錯誤。是啊，尤安一段時間以來早已決定接受這些幻覺，或說別人嘴裡的夢中人物（不然還會是什麼？）。強烈顧及自身精神健全，他並不想問他們究竟是否存在，也不想探索和他們相關的一切是否真實。他只是接受他們出現在他面前，隨他們高興（大可將這一切稱為經典的心理排擠）。和自己達成一致的根本在於，他承認——對其他人也一樣——豢養出小型到中型的荒誕，特別是毋庸置疑的文學荒誕，以他的職業而言也相當典型，有時甚至能開展新觀點，因為除他之外，還有誰有機會和書中主角對話，內容豐富又切身？

但是這荒誕若膨脹到這個程度，對他越來越沒有用處，反而越來越受其操控，足以影響他的決定，使他再也無法確定誰才擁有控制權，是那荒誕，那些夢幻角色，還是他自己，那麼尤安就覺得充滿疑慮，甚至相當危險。他的理智屆時可能很快就喪失，從表面的說話方式變成真實狀態。屆時整件事真的會讓他憂心。

此時正是那一刻。這麼長時間面對這些現象，他不由產生疑問，醫學難道無法找出藥劑和方法，讓他擺脫這個重擔；像瑪斯聰醫師這樣的人，難道不是能以淵博知識解救他的權威？

尤安的額頭出汗。他撫過自己的頭髮，重新看了一眼手錶，還有十分鐘就十一點。現在他真的必須要趕快，才不會太晚到達帕特里西亞的事務所，出席這次會面，會中他必須同時做出好幾個生命決定，雖然他不知道，這些決定會引他走向何方。

十一點剛過，尤安有些喘不過氣地抵達這棟位於圖雷加坦伯爵區五十二號，一棟有著灰泥外牆的米棕色奠定時期建築，距離法國大使館不遠，大使館就位在同一個街角。建築物外面釘著一個搭配這高級市區、打磨得發亮的銅招牌，上面刻著「斯溫松，倫迪恩及合夥人公司——企業法及契約法法律事務所」。

尤安按下頂樓的門鈴，透過對講機說出名字。開門裝置低調地發出聲音。他走進去，踏上吱吱作響的樓梯到五樓，一位接待處女士已經等在那兒，準備接過他的夾克。然後她帶著尤安走到會談室，其他人早已在那兒等著他。

桃花心木桌子尾端坐著一個瘦得顯眼的男性，有著狂野的鬈髮，戴著紅色的閱讀眼鏡。他大約五十出頭，感覺就像徹底潔淨過的螳螂。尤安猜測，根據房子外牆上的銅招牌，他一定就是斯溫松或是倫迪恩律師。

帕特里西亞坐在馬格努斯．洛文旁邊，兩人正忘我地說話。她注意到尤安，誠摯地微笑，從貼皮的懸臂椅站起，走向他。她穿著炭黑色的套裝——馬格努斯和黑貴賓一點都沒說錯——非常突顯她的有氧運動臀部。

「早安，尤安。你來了真好。」

「**嗨**，帕特里西亞，」他回答：「妳在奧斯陸的會談如何？收穫豐碩？」

「是的，可以這麼說。」她吻了他的左、右頰當作問候，並且低聲說：「但是我更期待今晚。」

看到帕特里西亞覺得不錯，感覺得到她更好。尤安注意到，從二手書店一路伴隨而來的緊繃感慢慢卸下，他又回到此處此刻。他快速跑上樓梯而加速的心跳也逐漸平伏。

帕特里西亞從他身邊走開，不被他人注意地朝他眨眼，向他介紹那個乾瘦的律師，此時對方也站起身來，朝他走來。

「容我介紹：尤安．安德松先生，律師斯溫松先生。」

「幸會。」斯溫松律師說，並且和尤安握手。

尤安同樣問候了馬格努斯，坐在帕特里西亞旁邊的時候，斯溫松律師開啟會談，解釋他們會面的主旨。他不僅代表現場馬格努斯．洛文先生的利益，也代表艾利克松家族，他們是洛文及艾利克松出版社已逝合夥人佩爾．艾利克松的企業股份繼承人。因為雙方之前已經針對所有事項達成協議，因此其中並無利益衝突。此時涉及的是同樣在場的尤安．安德松先生，是上述出版社的前股東，將要締結一份為期三個月的工作合約，附帶選項以下列條件變更公司合約、企業名稱，以及購買已逝佩爾．艾利克松先生股權……

尤安專注聽著，大約五分鐘後，斯溫松律師終於結束說明。他友善地望著尤安：「您已經和洛文先生協商過所有內容，但是我出於法律規定必須詢問，您是否了解所有內容。」

「我了解。」尤安說，收緊肩膀。

馬格努斯開心地點頭。

帕特里西亞朝著尤安微笑。

尤安深呼吸：「但是我不會簽署這份合約，至少現在還不能。」

會議室裡瞬間散播的氣氛，就像某人用液態氮充滿整個空間直到灰泥裝飾的屋頂，斯溫松律師臉上的表情滿是不解。他闔上記事本和文件，搖著頭坐下，一面沉默地打量著尤安。

「你什麼意思？」馬格努斯以顯然迴盪著不知所措和憤怒的聲音問他。

「就像我所說的，馬格努斯。我現在還不能簽署這份合約。我真的很抱歉，但是我必須先完成一個……計畫。」

「什麼計畫？」馬格努斯想知道，「你的二手書店？」

「是私事。」尤安回答。

「私事？」帕特里西亞問他，同樣相當困惑：「你說的和一個女性有關，對吧？」

尤安沉默好一會兒，最後他說：「我已經知道，我必須先結束生命的一部分，才能展開新的生命。只要我尚未完成這一部分，我就無法簽署這份合約。」

「這突然的見解從何而來？」馬格努斯冰冷地說，交叉著雙臂。

「我偶爾遇到兩個諮詢師，可說是生命決策方面的專家。」

「偶爾？算了吧，尤安，在我們面前大可以承認，你是不是又去找那個心理醫師，還是他的某個同僚，」馬格努斯說：「又不是可恥的事情。我就不懂，心理醫生為何建議你，讓自己的未來困難重重。」

尤安搖搖頭：「我沒去找心理醫師，我說諮詢師，沒說治療師，二者天差地遠。」

「你又是從何認識這些所謂的諮詢師？」帕特里西亞冰冷地問他。她倚著會議桌的桌腳，同樣交叉著雙臂，想穿透心思似的看著尤安。

「我在很久之前就讀過他們……」

「什麼？所以你是想告訴我，你在哪裡讀過兩個生命教練，然後又偶爾在斯德哥爾摩遇見他們，和他們談話，對他們敘述你的生命，於是他們建議你，不要入股出版社？」馬格努斯這時顯得真正心頭火起：「你糊弄我嗎？」

「沒有，」尤安回答：「確實就是這樣。不過他們兩個倒是意見相左，一個強烈堅持我簽署合約，在這裡落地生根；另一個卻建議我回到黑俄德卡斯。」

「而你聽第二個人的話？」

「是的。在我看來，他的論點比較合理。」尤安解釋，點頭看著馬格努斯。他太清楚，這番話聽起來有多麼瘋狂，一定十分難以置信。

「我如果不認識你，」馬格努斯說：「我此刻會說你完全就是個白癡。因為某個諮詢師，你就讓這空前絕後的好事隨風而去？這種弱智的話我還真的沒聽過！但是如所周知，不應攔阻旅人……」

他收好自己的文件，暴躁地塞進公事包，站起身來，然後用抱歉的姿態和斯溫松律師握手，朝帕特里西亞點個頭，再次轉向尤安。他的怒氣似乎稍微平伏，聲音聽起來偏向失望。

「我給你直到週末的時間，好更改你的決定，否則我會尋找其他合夥人。」

「我明白，」尤安說：「抱歉，我從未承諾你什麼，我來到斯德哥爾摩的時候沒有，現在也不會給你任何承諾。我不知道我的事情何時能結束，讓我能以開放和自由的心態接受新開始。」

「做出正確的決定，尤安，生命不會等你，有些機會不再來。」馬格努斯說著，極短暫的動作間緊繃肩膀，就像他想給自己的說法添加些重量。

「我知道，」尤安說：「我已經聽過這些話了。」

「嗯，這次會面似乎不如我原先所想的那麼收穫豐碩。」斯溫松律師說著站起身，少不了給尤安和他的同事帕特里西亞一個明確的眼神。他陪著馬格努斯．洛文走出會議室到外面，和他又說了幾句話。

「你讓我陷入極端尷尬的境地。」帕特里西亞說。她垂下手臂，走向尤安。「先不說我不只在這方面看錯了你。」

「這不是我的本意。」尤安回答。「但是我從不曾對妳做出承諾。我承認，我的決定做得有點倉卒，但有時就是必須聽從自己的心，有時聽諮詢師的話，有時甚至要聽從白兔子的言語——這些何時會出現卻不由人決定。」

帕特里西亞困惑地望著他說：「你迫切需要協助，尤安。」

第三部

3. Teil

1 理解動物根本沒那麼困難

三個鐘頭後，尤安．安德松坐在西海岸線往烏德瓦拉的火車上，那裡有巴士可載他回到黑俄德卡斯。他走出律師事務所後搭計程車回到旅館，退房，隨即搭車前往火車站。他甚至沒有打電話給古納爾．貝爾提松牧師，通知他自己立刻就回來——尤安只想離開斯德哥爾摩。

不管他啟程有多匆忙，這時他卻平靜地坐在車廂裡，靜靜地望向窗外，頭倚著背墊。風景在窗外倏忽而過：一片油菜田，一方水澤，森林，一座莊園，一片有牛隻的草地，玉米田——一畦一畦清新、想像得到的綠及黃色調。

尤安享受火車輪在軌道轉動時所產生帶著韻律的單調聲響。他疲勞地閉上眼睛，做了夢。夢中黎娜和他一起在**萊克桑德號**甲板上。

「抱歉，這個位子還空著嗎？」

尤安疲勞地張開眼睛，在他的襯墊座位上稍微坐直一些，「是的，當然，抱歉，我一定是打了瞌睡。」

「那是您的權利，」那個男人友善地說：「而且睡眠非常重要。」

他摘下黑色禮帽，把他老式、看起來像診療包的行李推放到座位上方的置物架，然後把帽子也放上去，之後坐在尤安對面。他手裡拿著一份折起的報紙，他把報紙放在旁邊沒人坐的位子上。這個人雖然年紀不大——尤安估計他四十五歲上下——但整體總感覺有些特殊。他要不擔任馬戲團或是綜藝節目導演，要不就是國際時裝製造商經理，在某個大都會好比巴黎、倫敦或紐約，他的衣服一定站穩潮流：白襯衫、領巾、黑色長外套（讓人想到燕尾服），印花背心、格子紋褲，以及一雙乾淨到引人注目、拋光的深棕色皮鞋。

在鎳鏡架後面，這位男士有著靈動的眼神，溫和的微笑，顯然安住在自心之中。他似乎知道自己要什麼。他給尤安的感覺是無比的貴族氣息，更增強他散發出來的特殊氣質。因為這樣一位男士何以選擇瑞典國鐵當作旅行交通工具？他明明能負擔得起一部大轎車附帶司機。

「這班車並不特別滿。」陌生人抬起頭說。

「我無法判斷，我從火車開動之後就一直在這個車廂裡，而且一定有一大段路都睡著了。我們究竟在哪裡？」

尤安望向窗外，但是沒有發現任何標示，指出他們正行經哪個地區。只有綠色調、黃色調、田野、草地，偶爾有棟模糊的房子。

「我在斯科夫德上車。」陌生人說。

「斯科夫德？」尤安轉向陌生人。「老天，那我至少闔上眼睛兩小時之久。」他不敢置信地說：「我要到烏德瓦拉，我們大約一個半小時多就會到達。」

「容我請教，您從哪裡來？」陌生人禮貌地詢問。

「斯德哥爾摩，至少那是我搭上這班車的城市。其實我住在雷爾豐湖一個小地方，距離烏德瓦拉大約一個小時。您一定沒聽過這種小地方，它叫黑俄德卡斯。」

「黑俄德卡斯？哎呀！您一定不相信，但是我還真的聽過這個地名。」陌生人驚訝地說。

「聽過黑俄德卡斯？幾乎不敢相信。您從哪裡聽到的？」

「因為一次偶然。」男士坦承：「我為了消磨時間，在斯科夫德火車站買了今天的當地報紙**《博胡斯蘭寧根》**。我從裡面讀到有關火車和灰鶴的停歇，據說牠們今年相當晚到，至少報紙是這麼報導。就是這篇文章確實提到黑俄德卡斯這個小地方，否則我幾乎不會得知這個地方。反正我在瑞典也不認得太多地方，我來自英國，您得知道。」

「來自英國？那麼您是遊客嘍？」

「可以這麼說。」陌生人回答。

「但是您說的瑞典話完美。」尤安感到驚訝。「您怎麼能說我們的語言說得這麼好？」

那位男士聳聳肩：「也許是才華、天賦加上勤勉。您知道我會說幾種語言，也包括那種混亂到幾乎無法想像的語言。」

「真卓越，」尤安說：「所以您是語言學家。」他興趣盎然又帶點挑戰地看著坐在對面的這位男士。

「不，不，這只是我個人的休閒嗜好，」陌生人笑著搖手，「只是我的熱情所在，可以這麼說。我的正職是獸醫，基於我的語言能力，我了解我大部分的病人，至少就像了解牠們的飼主一樣多。」

「這必然也是種天賦。」尤安說。

「可能吧，」陌生人回應：「但是請相信我，理解動物根本沒那麼難。牠們對我們說話，只要集中精神地傾聽。」

突然間隆隆作響，透過車廂玻璃門，尤安可以認出一對較年長的夫婦——至少他們給他這種印象。女士為丈夫引路走在前面，男士則奮力拖著一件相當大的行李經過通道。

這兩人走過之後，尤安整個人向下滑到坐墊邊緣，並且向前彎身，他壓低聲音（雖然沒有人能聽到他說話），向對面的先生說：「要是我告訴您，我不久前，其實就在今天早上，親身經歷這樣的事情，我指的是遇到說話的動物這回事，那麼您一定會覺得我瘋了。」

「一點也不會，」對方反駁他的話：「您究竟發生了什麼事？」

尤安評估地望著對方的雙眼，這一刻他確定能信任對方，即使他不知道哪來這種信任：「兩隻動物對我說話，我人生當中第一次。」

「第一次？而且一次就兩隻？真少見。」這個人聽聞動物對尤安說話的事實毫不詫異，唯獨覺得動物的數量明顯值得一提。「而且不是鸚鵡或是長尾小鸚鵡？」

「都不是，」尤安說：「我當然知道有些鳥類會說話，我的情況卻是一隻狗和一隻兔子，超乎尋常的是這部分。」

「一切只在於有沒有練習，」陌生人以客觀的語調說：「牠們對您說了什麼？」

「牠們建議我未來如何規劃生活，勸我做出某些決定。但是二者的意見並不一致，針鋒相對地討論。」

「驚人，」陌生人說：「然後呢？您做出決定了嗎？」

「是的，」尤安說：「因此我才會坐上這班火車，否則我今天早上就會成為斯德哥爾摩某家出版社的老闆，但現在我又變回黑俄德卡斯的二手書商。」

「二手書商？真好，我愛書。」陌生人說。

「我也是，」尤安說：「甚至是非常喜愛。」

「這當然說明一些事情。」

「您這話什麼意思？」

「這麼說吧，不喜歡書的人永遠不會理解動物，根本不能去愛的人永遠不能理解書。」

「是這樣嗎？」尤安問道。他坐直身子，卻又向下滑，坐得更深。

陌生人堅定地點頭：「拜託，這是不成文的自然定律。」

火車突然減速，煞車開始輕聲作響。「下一站格雷斯托普！」擴音機傳來模糊的喃喃聲。

「恐怕我得在這站下車。」那個男人說。

「這裡就下車？但是您才剛從斯科夫德上車。」尤安驚訝地說。

「如果繼續搭乘也沒有意義，」對方說：「我的任務已經完成，其他的只是消磨時間，我並沒有權利這麼做。」

「真可惜，」尤安說：「我非常享受和您的短暫聊天，我幾乎有種已經認識您一輩子的感覺。」

「真驚人，」男人說：「我也這麼覺得。」

火車吱嘎聲越來越大，可明顯感覺到減速的力量。鐵道旁的房子越來越密集，火車隨即緩緩駛進格雷斯托普火車站，直到最終發出難聽但是最後的吱嘎聲，抖動著停住。

陌生人從座位站起，好從行李架取下禮帽和旅行袋。然後他走向車廂門，打開，再次轉身，指著他留在尤安對面座位上折起的報紙。

「也許您該看看**《博胡斯蘭寧根》**這期的報紙。難以置信，但是裡面有至今最有趣的故事，尤其在最後一頁。」

「謝謝，」尤安說：「我還沒有自我介紹，」他站起身來，把手伸給對方：「我是尤安·安德松。」

「很高興認識您，」對方微笑地回答尤安，握住他的手說：「我們的名字甚至來自同一字源。我是約翰，約翰·杜立德。**再會，我的朋友，祝您一切順利！**」然後戴上禮帽，離開車廂，細心地帶上車廂滑門。

尤安短暫驚呆，在他意識到自己剛遇到的人是誰之後，他急忙走到門邊，唰地拉開門，衝進走道，希望暫時攔住杜立德博士，也許能再對他提出一些問題。但是他只撞上一個車掌，對方突然出現，猶如從地板長出來一般站在他面前。

「小心！」車掌喊著。

「該死！」尤安脫口而出，但是他很快自我克制，「抱歉，我沒看到您走過來。」

「您是在格雷斯托普上車的嗎？」車掌詢問，他的聲音只有一絲出於工作的禮貌。

「不，我從斯德哥爾摩就坐在車上。」尤安回答，試著從穿著藍色制服的鐵路職員身旁往走道張望。「請問您是否看到一個戴著禮帽、鎳框眼鏡、灰色西裝和格子褲的男人？他帶著一個醫師提包。」

車掌嚴厲地打量著尤安：「希望您知道，搭火車時禁止喝酒。能出示您的車票嗎？」

「請稍等。」尤安轉身，好從掛在車窗邊的大衣口袋取出車票。

這時他才發現，對面座位上的報紙已經消失，正如它的物主。

2 只是另一種潛在的未來

尤安直到傍晚才回到黑俄德卡斯家中。付錢給他從蒙克達搭乘的計程車，打開院子門。汽車駛入顛簸路往大馬路的塵霧之中。天氣溫暖，一群熊蜂哼聲飛過他身邊，消失在樹林邊緣盛開的魯冰花之間。尤安拖著行李和公事包，走上他的土地，在身後帶上門。在他穿過院子走向住宅之前，他瞄了一眼他的二手書店，看看是否一切正常。

還沒有打開他的行李箱——被他連同公事包一起隨便放在臥室——他就走進廚房。他不在的時候送達的所有郵件都在那裡，一共有十封信。阿格妮絲，這個好心人，正如預期，兌現她兄長的承諾，照料一切。尤安打開廚房窗戶，好讓小房子排出舊空氣，迎進清新的春天微風，風就從外面雷爾豐湖拂過草原和田野而來。他深深呼吸，然後到走廊打電話給古納爾．貝爾提松，好通知他及阿格妮絲，他又回到這裡。

對古納爾驚訝而且明顯憂心的質問，為何尤安還沒從斯德哥爾摩出發前就聯絡，而是等到現在，以及一切是否真的都沒問題。尤安只是簡短地回答，他樂於對他和阿格妮絲詳細述說一切，但他目前既沒時間也沒興趣——阿格妮絲這時也並不在家，而是和古納爾的太太碧爾吉塔參加教堂合唱團彩排，如尤安所得知。

尤安鄭重承諾日後補述，他真的有許多可說的。（即使他有充分的理由不把一切告知牧師及兩位女士。）不過實際上他感覺不錯，牧師和阿格妮絲不需要擔心他，他只是想準時上床睡覺。

這樣簡短的解釋似乎讓古納爾．貝爾提松滿意，他對尤安致上最高祝福，期待再相見。他這時可能想，尤安的腦袋似乎又清楚起來，知道自己在做什麼，如今又重新充滿職業熱情的氣魄，也就是完全把自己奉獻給舊書。另外他可能做出結論，認為尤安必然已經克服他的危機。或許他希望尤安從此在黑俄德卡斯的超市買東西之前，不再和幻想的人物聊天，不管他買的是巧克力餅乾、燻魚還是完全不同的東西。

但如果古納爾．貝爾提松牧師知道，尤安前往斯德哥爾摩之前就已經計畫前往卡爾斯塔德的舊貨市集，因為裹著燻鰻魚的報紙上刊登著廣告，而他之所以買了燻鰻魚，正因為幻想的人物，也就是哈利．哈勒爾殷殷建議他這麼做，那麼牧師一定會加倍懷疑他的判斷力。而且，要是他進一步知道，尤安決定明天真的前往這個市集，只因為他在從斯德哥爾摩前往烏德瓦拉的火車上——仔細說來是從斯科夫德到格雷斯托普的短程車班上——遇到一個名叫約翰．杜立德醫師的人，那麼古納爾．貝爾提松一定會放棄希望，可能轉而為尤安呼叫烏德瓦拉的心理醫師急救，而非平心靜氣地放下電話聽筒。

但事實正是如此。杜立德的話語讓尤安記在心裡。雖然他在這位陌生卻討人喜歡的獸醫離開車廂之後才注意到，他是另一個文學夢幻人物，面對這個事實卻以他過去四年面對其他現身角色的態度一貫處之：他就這麼接受這個人物的存在。更有甚者，他也接收到杜立德有些微妙的指示，並且一抵達烏德瓦拉就到報攤買了一份今天發行的**《博胡斯蘭寧根報》**，他在從烏德瓦拉火車站搭到黑俄德卡斯的計程車上看這份報紙，於是他很快就看出杜立德的指示。

正如杜立德博士所說，尤安在最後一頁看到引發他興趣的訊息。那是一場活動的布告，宣傳將舉辦「第一次舊物、書籍和古董跳蚤及二手大市集」，而且是後天，星期天就要在卡爾斯塔德舉行，尤安對這場活動記得再清楚不過。主辦單位似乎想以重新登報確保市集能吸引足夠的攤位及參觀人士前來。

尤安把報紙放到廚房桌上，靠向椅背，看著外面，朝向雷爾豐湖，然後把眼光轉向他盛開的花園。兩隻紅腹灰雀無聲地掠過，一隻蝴蝶短暫在窗邊張望，然後翩翩飛離。

對尤安而言，杜立德推到他眼前的這個情況有些費解。當然，這是二手市集，市集上會交易舊書——但因此就有必要再度向他強調通知嗎？或者其中不是指示，而是某種神秘的委託？要是他不去這個市集，會發生什麼事呢？

突然間，他的胃大聲咕嚕作響，那麼清楚，聽起來幾乎像是生氣了一般。這時尤安才想起，他在斯德哥爾摩吃完並不十分豐富的早餐之後，就再也沒吃過東西。他拿過一直放在家具上電話邊的寫字本和鉛筆，走進廚房，鋪好桌子。接著他從食品儲藏室拿出一瓶啤酒，一罐油漬沙丁魚，和一包大大圓形的薄脆麵包，中間有典型的洞——尤安很高興回到家。他坐到桌邊，打開罐裝啤酒和魚罐頭，折下一塊薄脆麵包，小碎屑掉出桌布，落到地上。

尤安一邊咀嚼一邊思考，星期天他該帶哪些書去賣，即使他沒有自己的攤位；他也想著自己是否還缺哪本書，是他要為某個蒐集者搜尋，或是買來做為庫存。凡是他想到的就寫下來。

幾乎吃完沙丁魚的時候，他突然停筆，側耳傾聽。是不是有什麼聲音？不，他一定弄錯了。尤安繼續咀嚼，享受地把最後一塊魚和最後一塊薄脆麵包塞進嘴裡，薄脆麵包的喀喀聲蓋過其他聲響——但是他又躊躇了。沒錯，有些什麼。一清二楚。他匆忙把剩下的食物用啤酒沖下肚，站起來，步向打開的窗戶。也許又是貝爾提松牧師，雖然做出承諾，卻不能不觀察尤安，也許因為他太關心尤安的身心健全，因此在苗圃裡遊蕩。

「古納爾？」尤安向著黑夜喊道：「是你嗎？」

瞬間完全寂靜。出奇的寂靜，就像整個世界停止呼吸。蒼白且有如變酸的凝乳，暮光流進院子。完全不見古納爾．貝爾提松或其他人的蹤影。一切似乎都正常。孤寂。

但當尤安的目光越過院子，投向二手書店，他驚訝地瞇起眼睛。舊穀倉的門被打開一條縫。他不再確定他之前巡視二手書店後是否好好鎖上門，然後才走進屋子。不管是否忘記鎖門，他都必須走過去，鎖上門。雖然黑俄德卡斯和附近地區不會有專門偷竊古董書的強盜集團，但是老鼠和溼氣幾乎和尤安本人一樣鍾愛書籍，可避免的咬痕就像出現黴漬，會讓他無法原諒自己。

尤安腳底礫石的簌簌聲有家的溫馨感，即使他越接近二手書店，心中就有某種不安的感覺有如期待一般地彌漫開來。隨著朝向紅漆木建築前進的每一步，他就越確定，他在廚房聽到的聲響正是從這裡發出來。到達二手書店，他打開只是掩著的門，點亮燈。幾道影子像輪廓穿過書架間的走道，消失在成疊的書後面。

「誰在那裡？」尤安發問。

寂靜。

然後有個低沉的聲音說：「關上門，尤安。」

「威廉？」尤安認出話語出自何人之口，於是開心地回答，照他的指示關上門。

「他一個人，」另一個聲音說，精簡卻明顯頑固：「我想，我們能放心現身。」那是夏洛克．福爾摩斯的聲音，有如從虛無中現身，走向尤安。他無聲地點了下格紋獵鹿帽。

慢慢地，越來越多人物從書裡和書後面出現，他們跨出牆壁，或是有如揚起的灰塵出現，掉落地面成某種身形。

尤安相當驚訝，他發現，自從黎娜去世之後他所遇到的文學人物一個都沒缺——除了雲遊的大學生和黑貴賓之外，二者原本就是同一人物，至少如果相信歌德的話，他是《浮士德》的作者。其實令尤安懷念的還剩白兔，但他的念頭一轉至此，牠就出現在最後面的幾個書箱之間，跳躍著朝尤安而來。

除了夏洛克．福爾摩斯之外，隨即有超過二十個文學人物站在尤安面前，最前面一排是那些最近拜訪過他的人物：葛雷哥．山薩、長襪皮皮、哈利．哈勒爾（他牽著皮皮的手，意外的是她沒拒絕）、杜立德醫師（他把尤安當作老相識般眨眼）、西哈諾．貝格拉克（搧著他插著羽毛的大帽子，彎身致意），當然還有威廉．巴斯克維爾，這時他開始發話。

「親愛的尤安，我想我們該給你一個解釋，好讓你理解一些事情。」

「噢，他已經理解了。」白兔說。「否則就太遲了，太遲了。」

「太晚來是種解脫，尤其是唯一的治療可能性，讓一切過去，無須承受無法承受的事情，除了發瘋。人被放逐到腐壞的蘋果裡成為蛆蟲，要擺脫這顆從樹上腐壞掉落的蘋果，幾乎不會成功。」葛雷哥．山薩說，一陣顫抖傳過他細小的蟲肢。

「這當然是對時間的一種可行詮釋，」威廉．巴斯克維爾批評：「即使瀆神，而且我確實說不出是否對尤安．安德松有幫助。」

「山薩的命運當然是個問題，」夏洛克．福爾摩斯說：「但和我們無關，而且也不是眼下要解決的問題。」

「您就像我的父親。」葛雷哥．山薩以幾乎不像人的聲音說。他令人作嘔的變形，在他目前的狀態下，甚至似乎無可遏止地推進。

「不，一定不像，我兒子會不一樣。」夏洛克．福爾摩斯客觀地認定，有如一個法院醫學專家，說出面前被謀殺者清楚可辨的死因。

「要是這個山薩的故事不是這般悲哀，可是會令人發噱。」哈利．哈勒爾表達看法。「但是我想，即使如此還是可以嘲笑一番，也許甚至必須這麼做。出於對命運的輕視，以及出於對愛的敬意。」

「那邊那個人戀愛了。」長襪皮皮咧嘴而笑，歪著頭，指向尤安。

「我？戀愛了？」尤安驚訝地問。

「對，」皮皮說：「愛上黎娜—黎—娜—黎娜。」還一邊用單腳在夏洛克．福爾摩斯身旁跳著舞，他顯然覺得這舞相當怪異。

「我持相同看法，」西哈諾．貝格拉克附和紅髮女孩：「這個年輕小女孩的禮儀和外衣雖然可疑，但她表達愛之真相的能力卻非常卓越。」

「哎呀，這小女孩讓我稍微想到愛麗絲，即使她比較纖細，遠沒有這麼強壯。」白兔沉思地說。然後牠轉向尤安：「你在這裡，因為你決定回來，因為你決定聽我的話，而非聽從黑貴賓的建議。」

「這是個智慧的決定。」威廉．巴斯克維爾說。他噘起嘴脣，認可地點頭。

「我贊同你們的看法。」夏洛克．福爾摩斯說。幾乎無法察覺地點頭，他卻無片刻將他總是洞察而檢視的眼光從尤安移開（他的眼光感覺就像無人能在他面前自我宣稱無罪）。「我真的不常贊同他人。」

「雲遊的學生和黑貴賓是同一個人物——梅菲斯托，那個惡魔，」尤安說：「我相當遲才認出來。」

「不要太快下結論，」夏洛克．福爾摩斯告誡他：「您的主張缺乏證據，證明，您還記得嗎？」

「的確，沒有確鑿的證據，」威廉．巴斯克維爾也說：「但卻在事物的本質之中。可惜我們不會發現證據，直到我們跟隨惡魔，不論他可能以何種形象出現在我們面前。在這之前，他只是另一種潛藏的未來，以您的情況，尊敬的尤安，或許是個不期望偉大愛情的未來。」

「因為那是我所代表的。」白兔說，開心地高高跳了一下，幾乎讓牠的懷錶從背心掉出來。

「威廉，你剛才說，你們欠我一個說明，說明什麼？」尤安發出疑問。

威廉．巴斯克維爾非常友善地微笑，正如他經常做的，向尤安跨了一步：「您知道，我年輕的朋友，我所說的並不那麼正確。因為其實不是我們欠您一個答案，而是您欠您自己。」

「我想強調，這兩者之間的區別只在分毫。」夏洛克．福爾摩斯在後面說。

「我想分開毫毛是難以置信地困難。」皮皮沉思地說。她把一隻紅辮子抓在手裡，眉毛擠在一處，專注地盯著頭髮。也許她正思考著，要多靈巧才能把頭髮用小刀縱切開來。

夏洛克．福爾摩斯搖頭地皺起鼻子，消失在二手書店的暗處。

「戴著怪帽子的那個人不有趣。」長襪皮皮說，放開她的辮子，消失在對面的書牆後。

「她說得對。」哈利．哈勒爾朝著尤安鼓勵地說，並且跟在她身後離開。

西哈諾．貝格拉克舉起他的帽子，對尤安和威廉．巴斯克維爾彎腰致意。

「我現在也要告退，把這一幕留給您。您雖然是僧侶，比我死得更久，但所學所知不少於我。而您，尊敬的尤安．安德松，我想透露，我當時並未以您的女侍阿格妮絲欺騙您。她真的戀愛了，不過不是愛上您，如我此刻所知。女性的心充滿神秘，難以捉摸，就像通往地獄的深淵，人們卻一再陷入，好熾烈地在所有最美好的感覺中沉淪——在激情之中。請不要覺得我扭曲，這是出於好的理由，威廉一定會向您說明一切。告別。」

說完他也同樣消失了，其他人物出於好意也逐漸消散。

突然間只留尤安和威廉．巴斯克維爾單獨相處，他把手疊在腹部，深深地望進尤安的眼睛。

「一切都有其原因，親愛的朋友。出現在您面前的每個人，正如我此刻所為，都是因為他們要達成某個目的。他必須來到，因為您召喚了他。」

「我沒有召喚任何人。」尤安反駁他。他在櫃檯前來回踱了幾步，按摩著頸項。

「有，您召喚了，」威廉．巴斯克維爾反駁：「當然，沒有明說。您並未說出我的或其他人物的名字，卻把我們盼來了，就像人們祈禱主上施展神蹟。您的需求是陪伴，您本人可能甚至都不清楚。」

尤安轉向僧侶：「你的意思是，我下意識需要特定小說角色的建議，就為了這個理由，他們於是出現在我面前？」

威廉．巴斯克維爾迎向尤安，二手書店的地板發出的聲響如此輕微，有如地板正在呼吸一般。威廉微微笑著，他的眼睛發出善心的光芒。

「某種程度上正是如此，」他開始說：「但是尤安，那不僅是**建言**，不只是建議。有時也是**行動**，是協助的舉動。想想您前往于美歐的旅途，當時夏洛克．福爾摩斯大師與您同行。」

「那麼你為何此刻還在這裡？其他人早已經離開……」

威廉微笑著：「除了我，還有誰更能為您解釋呢？再者，我深信您最喜歡我，您信任我。」

「信任？你們都只是想像，幻象，現象、幻想！」尤安執拗地喊著：「不要生我的氣，但你只是從那個大鬍子義大利人的創意腦子蹦出來的角色，他依照一個歷史人物創造了你。」

「確實如此。但是告訴我一件事：那真的重要嗎？」威廉．巴斯克維爾以平靜的聲音問他：「您此生中讀過、而且沉醉其中的每本書，因為您愛這些書，它們於是成為您生命道路的一部分，不管發生在什麼時候。如果我們只是腦子裡的鬼魅，那麼您也只是跟隨自心，因為您讓我們出現在您的心神之中，出於對往事的浪漫渴望而倒下的心神。要是我們不是被想出來的幻象，而是，嗯，我們且稱之為心神產物，那麼您可以安慰地喜歡我們的陪伴，因為這並不會改變任何事情，就算您懷疑我們，甚至不會改變現實。所以就結果而言，是否為幻想其實無關緊要。」

「你指的是什麼結果？」

「我指的是，涉及您對黎娜．貝倫小姐不朽愛情，以及您尋找她，在這兩方面，您的行為意圖似乎已經變成您的生命意義。」

「所以她可能還活著？」尤安突然激動地問他。

「我不知道，」威廉．巴斯克維爾保守地回答：「根據我所知——出於特定因素並不多於您所知——這個可能性遺憾地並不高，我衷心地祝福您。但是這位女士是否還活著，就連她是否曾經存在，這些事實基本上並不重要。人可以愛上一個鬼魅，正如愛上一段記憶、一個點子、一個國家、一棟房子或一本書，甚至像愛一個人一樣。重點只在於您繼續尋找真相。您真正愛的是什麼，您會在何處找到真愛，這些才是重要的問題。真相就在每回真誠尋找的終點。真相是永恆愛情的種子得以勃發的母土。連主上的愛若少了真相也就不算什麼，您了解嗎？」

「我想是的。」尤安回答。然後他懷疑地看著威廉．巴斯克維爾，問他：「即使我再看重你及你的智慧，也很可能只是我在和我自己聊天，不是嗎？」

「當然可能，無法完全排除。」威廉．巴斯克維爾促狹地回應：「果真如此也沒什麼好責備的，因為我的智慧無可迴避地正是您自己的智慧。以我的觀點，謹慎的自我對話並無可議之處。畢竟，不正是主上傾聽罪人，才使得任何自言自語變成祈禱？不過，說這許多已經足夠，我這廂現在也要消失了，因為我目前反正沒什麼對您有用的消息。」

「但是我還有那麼多問題。」尤安反對。「拜託，還不要走。」他很想雙手抱住威廉．巴斯克維爾，阻止他離開，但是他克制自己。

「此刻您知道您必須知道的。好比為何我們存在，您的**朋友**——就像您對我們的稱呼——對您這般重要，雖然我們並不可能存在。還有您必須走自己的路，才能達到目標，以及最終獲得平靜，不管是什麼在終點等待著您。過程才是目標，不是嗎？這句話並非出自我口，雖然我覺得說得很好。不論如何，您也許既不需要這個奇怪的瑪斯聰醫生，也不需要符號學家洛特曼才能解脫，雖然我絕無貶低他們專業知識的意思。您只需要獲取知識，而知識經常和真相並存。晚安，敬愛的尤安，主上與您同在，在所有的道路上守護您。」

說完這些話，威廉．巴斯克維爾就消解成散逸的暗影和條紋，隨即消失不見。只留下尤安．安德松。他現在知道該做什麼，即使現下還有些吃力地盯著這空間，其中除了書本和書架之外什麼都沒有。至少沒有肉眼可見的其他東西。

涼風拂過他的頸項。二手書店掩著的門輕打著門框，有如某個鬼魂偷偷地推開門，好逃進蒼白的暮光之中。

好個欣慰的想法，何等荒謬。

3 卡爾斯塔德跳蚤市場最後一排最尾攤

主管單位把**北野**這塊場地分配給**跳蚤市場**，一塊由市鎮管理、比較少農用的草地，雖然位在卡爾斯塔德之外卻非常便利，就在兩條幹道交通樞紐附近。或許想要以這個場地選擇，提高這個嶄新、大型的古董及舊貨市場的被接受度，因為來自瑞典各地的不管商人還是買家都方便出入，而且還有很大的停車場。

充滿不安的夢境，從不愉快的夜晚醒來（而且才七點），尤安還相當疲累就開車前往**北野**時，他確定主管機關其實應該提高收費。至少是清晨太陽照耀晨露，草地有如灑滿鑽石的那幾天。那麼許多古董及舊貨攤商一定會湧向這個廣場，許多感興趣的人會四處探頭探腦。

今天早上此處看起來卻非常可悲，就像濃霧決定從天空降下，不再飄動。還不算下雨，可也不只毛毛雨。一切都像被包裹在厚厚的灰色布幕裡，而這布幕是由吃掉顏色的小水滴所織成。經由一個停車場引導人員的指示——這種天氣原則上是多餘——尤安一把車子停在停車場就發現，變軟的地面也是一大挑戰，一跨出他的紳寶汽車，就直接踩進一個水坑，起初根本不讓他的夏天輕便鞋脫身，他的襪子溼了。沒住在城市裡的人通常車裡都有好幾樣東西：一床毯子、一把小刀、一條拖曳繩、一件雨衣、一把裝著新電池的手電筒，以及尤其是——一雙橡膠鞋。這是黑俄德卡斯和斯德哥爾摩之間一個很大的區別，在斯德哥爾摩，人們比較常穿著休閒外套，拿著一瓶香檳，參加驚喜得已預定好的雞尾酒宴會。

尤安繞過汽車走向後車廂，把泥濘的皮鞋換成橡膠靴，穿上防水外套，跋涉地在細雨下越過停車場，走向少少的幾個攤位。沒有很多人前來逛市集，對買賣書籍一定不怎麼有利。理性的攤商一定不會把珍貴的書暴露在這種天氣之下，甚至不會放在防水且架好的棚子底下。空氣溼度太高，因此也提高造成舊紙張損傷，相關書籍可能折損價值的風險。這也是為何尤安只放了幾本預定要賣的書在車裡。雖然他的舊單肩背包是上了厚蠟的皮革所製成，相當防水，但他也不想冒任何風險。畢竟他帶來的書包括兩冊萊納．瑪麗亞．里爾克的早期詩集，以及幾本宗教主題的拉丁文著作。他昨天把要帶去市集的書整理好之後，已經要出門環著雷爾豐湖散步，那時卻想到，他還藏有一本伊曼紐．康德一七六六年的美妙初版書，非常少見而且可以賣個好價錢。但是他不想只為了賣出高價而帶到卡爾斯塔德，而是因為他特別喜歡這本書的書名：《靈媒之夢，以形上學之夢詮釋之》，這個書名現下實在和他的生命太契合。

尤安走到最初幾個攤位，審視著他們擺出的商品。這一切都稍微讓他想到于美歐的**跳蚤市場**，他曾在尋找黎娜時造訪該市集。當時的天氣也並不特別好，比較乾燥一些，但基本上比較冷——當時他也沒那麼目標明確地四處奔走，事實上他甚至不知道自己究竟在尋找什麼。也許是威廉·巴斯克維爾預先告訴過他的知識與真相共聚之家？時間將近八點，停車場慢慢多了些車，尤安覺得市集裡的人也變多了。他已經看過絕大部分的攤位，七排之中只剩下兩排。正如他本就擔心的，其中幾乎沒有書商，準確說來只有三家。因為天氣的關係，他們根本沒把最珍貴的收藏展示在桌面上，也許只放在桌下的書箱，或是留在車裡，就和尤安一樣。

但尤安不僅找書，也想賣出他帶來的書。其中有個攤商真的對伊曼紐·康德的作品表達興趣。尤安於是走回汽車，拿著書，他們很快達成一致——八千克朗可不是小數目。

售出之後，尤安繼續穿越市集，很快就走到攤位的最後一排。他希望在這裡找到一些他可能需要的東西，不只是舊玩具、銀器、花瓶、生鏽的鍋子、年鑑或是任何聖經版本，曾經屬於和善但如今已過世的祖母——這樣的文學遺物成千上萬。

不肯停的毛毛細雨積在他的兜帽上，滴到他的臉和夾克上。他覺得孤單，不管身邊有多少人。

然後他看到了。

這個小小的攤位。

就在卡爾斯塔德跳蚤市場最後一排最尾端。

不比一張書桌寬，攤位被一本又一本的書占滿，用一塊髒髒的塑膠布蓋著。保護這個攤位的棚子有著寬寬的紅白條紋，讓尤安想到于美歐跳蚤市場裝栗子的袋子。棚架內部同樣用條紋橫幔圍起來，濃重的水滴有如簾幕，就像是棚架的延伸一樣落下。

攤商坐在他的老扶手椅上，雖然他在紅白屋頂下至少像他的書一樣不會滴到雨，卻把穿了多年的舊大衣兜帽拉到頭上，低低地蓋住臉，只能看到他的灰鬍子，還有醒目的大鼻子。

真奇怪。大部分攤位的人都站著，好看著擺出來的商品，這個攤位卻顯得絕對沒人會感興趣。這是市集上最小的攤位，而且在最後一排的尾端——也許這是原因所在？尤安必須深深彎腰，才能穿過滴水的帷幕走進小小的空間，是由篷子前緣和蓋著的展售品所形成。

那個男人究竟有無意識到潛在顧客？他動也不動，也許甚至睡著了。尤安清了清喉嚨，起初禮貌，沒有效果的時候，明顯地大聲些。

「我早就注意到您了，」兜帽下的男人突然說：「但是拜託不要口出惡言，好東西值得等待，沒時間的人反正最好不要看書。」賣家這時從椅子滑起身，站起來（但是並沒有明顯的外觀差別，因為他十分矮小）。「我有什麼能為您效勞？」

他把兜帽推到後面，小小閃耀的眼睛充滿生命力，長在這麼一張蒼老的臉上，看起來就像水晶鑲在乾燥水果上。而且他還留著一把灰鬍子，還有同樣灰色，但是茂密且幾近狂野的頭髮。他的鼻子大得不成比例，而且他身材矮小，即使尤安一點沒有貶低他的意思，也只能暗自稱他是「小男人」。

「你啞了嗎？」賣家問他。他的聲音罕見地大，雖然洪亮而且友善。

「不，沒有，」尤安回答並且回問：「您只賣舊書嗎？」

「當然，」那個男人說：「我有其他選擇嗎？」

「對我而言顯然沒有，」尤安輕聲地說，一邊想到他不久前的斯德哥爾摩冒險：「至於您，我當然一無所知。」

「您看看，我也沒有，」二手書商說：「我解釋給您聽。舊書是生命的精粹，所有愉悅的泉源，有時甚至是革命思潮的源頭。它們保存思想和情感，如果將之與其發生時間相連結，並且鼓起勇氣投入其中，那麼就能親身體驗曾寫下作品者的意圖，不管是在多少年後才重拾這部作品。好的故事，絕佳的點子，深深觸動的感受永遠都在，不會有分毫遺落，就像香醇的酒隨著時間更加成熟和珍貴，但是——和美酒不同——要等到品嘗之後才越形成熟。它們在內心而非酒桶和酒窖裡成熟，如果您了解我的意思。」

矮小的男人朝尤安眨個眼，然後繼續說：「您現在當然可以反駁說，我現在說的只涉及故事，也就是書籍的內容，這些故事隨時都可以重新印刷，我會回答您：『沒錯，原則上可行。』但是我也會反駁您：『蒼天在上，您該不會以為舊書只是某個故事的時代包裝！不是！』我會大聲疾呼，而且：『故事是靈魂，書是軀體！』我會這般大聲呼喊。

「因為正如我的老臉，紙張、標注、裂痕、摺角，黏在書頁間保存下來的果蠅屍體，人和地區的氣味，過去出版社和出版人的意識——他們的名字有如創造力的紀念墓碑印在版權頁上——排版、印墨的濃度，甚至書本前後的空白頁，凡此總總的價值，都比我們匆匆一瞥所能掌握的更高。

「因此每本書都有個故事，每本書都獨一無二，都是個體，因此是創作的一部分，無上的神性。」那個男人暫停一下，然後做個結語：「因此對我而言，除了當這種寶物的保護者之外別無選擇。您了解嗎？」舊書商的呼吸變快。

「誰不明白？」尤安深受觸動地說，也被這番令人信服的演說感動：「我不能表達得比您更美好更貼切。」

「誰不明白？唉呀，當然是沒有心的白癡。」舊書商平靜地說，卻像從手槍一般射出：「而且有很多這種人。不過您不是其中之一，我看得出來。所以我有很特別的東西給您。」

一個家族帶著兩個小孩，孩子顯然比父母更覺得泡軟地面的爛泥有趣，正走過尤安身後，母親指揮著兩個孩子，丈夫稍微瞄了一眼舊書攤，不怎麼感興趣地走遠。

「很特殊的東西？」尤安重拾和舊書商的對話：「真好，但是您根本不知道我在找什麼。」他猜想癡心和激情會為這老先生的精神而戰，至少只要和書有關。

「真的？您這麼想？」舊書商回應，然後他嚴肅起來，稍微向前傾身：「這樣好了，我向您提議一筆交易。」

尤安疑問地望著老者的眼睛。

對方繼續說：「我以非常特殊的價格賣給您一本非常特別的書，您可以保留它直到仲夏節，但最遲這時您就必須賣掉這本書。」舊書商低語：「可是要以我今天賣給您的原價售出，不管是否真的有這個價值，或是其他人對您出價。您只可以把書賣給您深信值得擁有這本書的人，如果您沒有找到適當的買家，您就會失去付出的錢還有這本書。同意？」

尤安感到困惑：「要是我只能保留這本書短短不到一個月，承受損失的風險，而且根本不能獲利，我為什麼要買這本書？」

「我沒這麼說，」舊書商反駁說：「您會有可觀的獲利。」

「我不明白。如果我不能自行給這本書定價，哪來這可疑的獲利？」

「您唯有遵守規則才會知道。」舊書商把如柴的食指警告似的舉起。

「那是什麼樣的一本書？」尤安想知道。

「只要我們成交，您就會看到。」

「所以您要我向您買一本書，卻不能事先看到書？」

「我們之中是您想要一些東西不是嗎？還是我搞錯了？」舊書商梳著鬍子，無恥地盯著尤安。

「那我要付多少錢才能一探究竟？」

「兩個金幣。」

「金幣？」尤安徹底錯愕。

「剛好兩個。哪一種都可以，不過只能是克朗，拜託，在瑞典比較好脫手。我也必須要吃飯。」

「這是什麼荒謬條件？」尤安困惑地問，但相當友善，甚至有點被逗樂。因為即使他想知道更多，期望在卡爾斯塔德**跳蚤市場**找到完全不同的東西，但認識這個書商，這趟旅程其實就值回票價。這個矮子是自成一格的奇特人士，徹頭徹尾的怪人，是他不會隨即忘卻的一個人。

「是，是，您聽起來或許奇怪，但是人老了就是這樣，相信我，會突然渴望找回幾乎已經遺忘的東西。」舊書商說著，一邊就像個慈祥的祖父，全知似的和腿上的孫子分享他的智慧和自我認知。「您知道死者和兩枚硬幣的故事嗎？」

「以前為了最後一次航向彼方，放在死者眼睛上當作船夫的酬勞。」尤安說。

「非常正確，」舊書商說：「您不覺得非常神秘又充滿秘密嗎？**仲夏節**也有非常古老的意義，不是嗎？這些是合約條件，完全配合外在狀況，以及交易雙方的內在感受。」

舊書商這些似乎只是亂說的胡話，尤安只了解一半。但是這個矮個子男人散發出一種魅力，吸引著他，讓他無法自拔。

「如果我不遵守約定呢？」他謹慎地發問。

「您不會冒這個險，因為到時您的損失會更大，相信我。」

尤安考慮著。「沒問題，我夠瘋狂，能和您做這筆生意，基本上也說不上交易，我的眼睛裡只有騙局。」

「這個詞『騙局』如今太少用了。」舊書商讚美地說了一句。

尤安聽而不聞。「不過有個問題。」

「哦！什麼問題呢？」舊書商盯著尤安，他臉上的皺紋更多了。

「我不知道去哪裡可以快速買到兩枚金幣。」

舊書商的臉瞬間放鬆下來。

「啊，原來是這個問題。不用想太多，您不必立刻買到金幣，只要在仲夏節後第一天，我去找您的時候再付給我就可以。」

「您會來找我？」眼中混合著驚訝和不解，尤安看著舊書商，雨滴從遮篷掉落到礫石上，產生細微、韻律的心跳聲。

「當然，」舊書商回答的口氣就像尤安問他二是否大於一，「我收錢和書，或是只收到金幣，看您方便。」他從外套抽出一張發黃的紙和一枝鉛筆，「請您寫下名字和地址，然後我們六月二十一日見。」

尤安接過這兩樣東西，把一切都寫下來，然後把筆和紙條還給他。舊書商看了一眼紙條，點點頭，然後邀請地伸出瘦骨嶙峋的手。尤安躊躇著——這個瘋狂的人物總覺得不屬於這個世界——最後他還是和對方握手。

就在這一刻，舊書商說：「抱歉，我根本還沒自我介紹，我的名字是德瓦林松。」

「德瓦林松？真是個少見又特殊的名字。」尤安說。確實說來，他一生中還沒讀過或聽過這個名字。

「對吧？」德瓦林松先生似乎把尤安的說法當成讚美，活像他的姓氏源於他的發明似的，「您的也很有趣，您真的叫尤安嗎？」

「是，但我覺得這個名字平平無奇。」尤安回答。

德瓦林松先生神秘地微笑：「我親愛的安德松先生，這完全視情況而定。」然後他劈啪窸窣地拉起乳白色、幾處已經破裂的塑膠布，原本用來遮蓋他的商品，這時他伸手到塑膠布下方，拿出一個棕色的小包裹。「這是您的書。」

「啊，您早已準備好一切了嗎？您多常進行這樣的交易？一天好幾次？」尤安疑心重重地看著舊書商，歪著頭。

「坦白說，沒那麼頻繁。應該是因為我獨斷的生意原則，重要的書只賣給讓我相信值得擁有這些書的人。您完全符合這個情況。」

德瓦林松先生把書伸過桌子遞給尤安，尤安小心地接過書。初看並無任何特殊之處，看第二眼卻全然不是這麼回事。這是一本普通大小的尋常書籍，也不特別沉重，包在樸素的棕色包裝紙裡，用普通的包裹繩子綁住打結。

「您最好到家之後再打開，」舊書商奉勸他，就像他讀出尤安的想法似的，「雖然這不是約定的一部分，但是卻大大提升戲劇性，您不覺得嗎？」以滿是皺紋的微笑，他再次把手伸向尤安，祝他一切安好，直到下次再會。

有些茫然和猶豫不決，不知該如何整理剛才的經歷，尤安走向停車場，把書像是寶藏似的緊緊夾在雨衣裡的腋下。他需要立即開車回到黑俄德卡斯。當他終於走到車旁，才剛打開車門，忽然有人從後方和他打招呼。

「哈囉，安德松先生！」

尤安驚訝地轉身。他面前站著個年輕女士，不久前他才在二手書店把《長襪皮皮》賣給她——還有她穿著體面的丈夫。但是他今天沒出現，取而代之的是個比較年輕的男性站在她身邊，比較運動型，年輕女士本人也有明顯改變。她整體看起來比較自然，有如她經由某種方式從內在轉變了。

「這位就是那個二手書商，我向他買到我的童書。」她開心地向她的同伴解釋，他似乎知道這件事，於是友善地點頭說：「啊？那個二手書商？真巧。**您好**，很高興認識您。」

尤安也問候對方，和兩人握手。

「真驚訝在卡爾斯塔德遇到您。」他說：「我以為您來自斯德哥爾摩。」

年輕女性片刻間似乎陷入沉思，最終她解釋：「我和男朋友分手了。」接著她的表情明顯亮了起來：「您想像一下，我從斯德哥爾摩搬到這裡不到一星期，我就偶然遇到彥斯，我的老同學。」她朝著伴侶燦笑，握起他的手。

她身旁的年輕人笑著：「哎呀，『青梅竹馬』比較貼切呢。」他說。

「對，青梅竹馬。」年輕女士說著，給他一個親密的微笑。

「啊，我真的很開心，」尤安說：「您現在看起來真的很幸福。」

「我的確幸福，」年輕女士回答：「您能想像嗎，一切就因為您的書，**因為**《長襪皮皮》。」

「怎麼說？」尤安驚訝地問她。

「我們買下那幾本書之後，我又把書讀了一遍。該怎麼說呢？雖然是童書，但是它們改變了我——它們改變了一切，」她滔滔不絕地說：「我不知道發生什麼事，也許是回憶，也許是渴望真愛，祈求真實的愛，或許也只不過是湊巧，反正我不久後就下定決心，徹底改變我的生活。現在我是那麼快樂，除了童年，我不曾這麼快樂過，」她看著尤安的眼睛：「您知道我的想法嗎？我想有些書具備魔力，您在您的二手書店裡出售的不只是書籍而已，您贈與夢想。我由衷地感謝您。祝您一切都好。**再見！**」

她說完就向前跨步，出人意表地親吻尤安的面頰，牽著彥斯的手，兩人一起離開。

尤安看著兩個人的背影，直到他們消失在攤位間，這時他才注意到雨已經停了，雲層分開，太陽溫暖、明亮地照耀著卡爾斯塔德，最後幾滴卻倔強地滑下臉龐。

4 愛爾蘭·孟內寇德騎士的禁忌之愛

尤安說不出來，為何他繼續遵照那個怪異舊書商的要求，或許他這麼做是因為車內幾乎難以察覺卻又無所不在的迫人氣氛，從卡爾斯塔德出發就一直瀰漫在車裡。他把包裝好的書放在副駕駛座，每次他看過去，那本書就似乎誘惑而挑釁地盯著他。一旦他屈服於自己的衝動，把車開向右側，好奇地撕開包裝，說不定就會有某種不幸降臨到他頭上。尤安對自己搖搖頭，這時他甚至已經考慮到超感官的情況，現形——不管是人或動物——就是其中之一，也就是心理創傷的可能症狀。但是詛咒？完全是胡說八道。

確定的是，尤安一定不是因為情況缺乏戲劇性才聽從舊書商的要求，尤安反正深信他的生命已經夠戲劇性的了。整趟**跳蚤市場**之旅以及他從市場帶回來的東西，更加升高其戲劇性。

即使如此，他遵從對方的要求。他中午前後抵達黑俄德卡斯，才發現襯衫溼溼地黏在身上，原因不只是此刻從閃耀藍天投下的陽光。

他猛催油門駛過難以通行、鋪砌不良的車道，抵達他的小農舍。途中碾斷一些蒲公英，他紳寶汽車的減震器吱嘎地緩衝路面的崎嶇。他後方捲起的灰塵聚成實在的濃霧，形成無法透視的赭色牆壁。尤安以高速駛完整段返家之路，卻在他下車看著手錶時才發現——他比今早去程少用了整整二十分鐘。

他立刻快步走進他的二手書店，發著抖從口袋裡撈出鑰匙，包起來的書夾在腋下。他迫不及待地想打開包裹。尤安整個返程上都想著，這個古怪的舊書商給他什麼樣的書，歌德所著《浮士德》的某個版本？不太可能，因為這個矮小的書商從何得知，這個雲遊大學生和黑貴賓曾來拜訪呢？另一本尤安知道其中人物的書……不，也不可能。這個舊書商從何得知，哪本書在尤安生命中扮演一定的「角色」呢？而且正如字面的意思？

尤安咒罵了一聲，激動之下，他的鑰匙掉落在二手書店門前地上，他拿起鑰匙，想把鑰匙重新插入鎖孔。也許那個舊書商包給他詹姆斯·喬伊斯的《尤里西斯》，因為他拿任何上門卻不確定要買什麼書的人取樂。也許他在多年前得以低價買進一整批，把世界文學當中最知名難以閱讀的作品，加以不同包裝，成堆地放在乳白色的塑膠布下方，好欺騙輕信的觀看者有許多選擇，其實卻沒有。

但是不管怎麼翻來覆去，尤安幾乎想不出正確的結論。

終於他打開了門，走了進去，打開燈。他繞過收銀臺，放下書，在所有抽屜裡翻找著剪刀，這該死的東西一定藏在某個地方。啊，找到了！他從一疊信底下抽出剪刀，拿著包裹，準備剪開它，這時他發現，包裝繩的品質非常好，他把剪刀當成飢餓的鱷魚，把獵物的韌帶一寸一寸地咬斷。纏線就這麼一段一段地分開，繩子短短抽線地掉在收銀臺的木桌面上。

尤安終於把只剩紙包裝的書拿在手上。只不過他的心為何跳得這麼快？也許只有經過多年不斷尋找，終於進到不知名法老墓穴的研究者才會覺得這般緊張和激動。尤安把手指伸進膠帶固定的包裝重疊處，開始小心地撕開棕色包裝紙。

「抱歉，希望沒有打擾你。」

尤安瞬間抽了一口氣，倏忽轉身，書掉落在收銀臺上。「阿格妮絲？老天爺，我心臟差點停掉。」

「噢，啊……抱歉，」她結巴地說：「我沒想嚇你。古納爾告訴我你回來了，我打電話沒聯絡上你，我就想，我乾脆趕快來一趟，因為我想知道，『辛歌瓦拉』明天會不會開門，你是否需要我再烤一個蛋糕。所以我就騎腳踏車，立刻到這裡來了……」

尤安走向她，給她一個擁抱，「沒事的，阿格妮絲。最近這段時間，我實在發生太多事了，在斯德哥爾摩的事，還有我下的所有決定。我沒預料到妳會來，」

他解釋：「關於明天的事情，謝謝妳的好心提議。」

「這麼說，我們明天會開店嘍？」阿格妮絲開心地說。

「除了每個星期天開門營業，還能拿一家咖啡館做什麼？」尤安微笑著，試著不讓人注意到，他還相當激動和緊繃。

「那麼我就烤一個蛋糕？太好了。還是就烤兩個？」阿格妮絲思索地抓著下巴，失神地望著天花板橫梁，腦子裡似乎已經想好所有菜單，包括各種所需配料，以及需要的準備及烘烤時間。「古納爾一定會借我車子載東西。他在教堂裡祈禱。或許碧爾吉塔會載我，我已經為當日文學蛋糕想出一個絕妙的點子，『皮皮洛塔蛋糕』，用薄荷。」阿格妮絲笑著：「還是我應該用柑橘和罌粟籽再烤一次西哈諾．貝格拉克蛋糕？雖然才剛推出，但是最受歡迎，根本沒剩下半塊。你覺得呢？」阿格妮絲似乎從她的菜單總集回到現實，詢問地看著尤安。

他不自主地四處張望，看看剛才提到的名字所有人──長襪皮皮還是西哈諾．貝格拉克──是否剛好站在附近。但是沒有看到任何人，沒有小猴子，也沒有噴著氣息的黑點白馬。

「好啊，妳人真好，」他對阿格妮絲說：「妳決定蛋糕的事，好嗎？那麼我們明天見？」尤安輕輕地把她推向門口。

「其他沒有什麼要準備的嗎？」阿格妮絲有點失望地察覺，尤安顯然想用讚美打發她。

「沒有，至少沒有我們不能解決的事。真抱歉，阿格妮絲，但是我在二手書店還有事要做。」

「沒問題，**再見**，尤安。」

阿格妮絲走了出去，隨即再次把頭伸進門來：「尤安？」

「怎麼？」

「我希望你別生我的氣，因為我告訴古納爾，楊安從他姊姊安妮卡那裡聽到的事情。我是說，就是……那個……」她猶豫著，直到最終說出口：「就是你在超市裡自言自語的事情。」

「我會生妳的氣？不會，阿格妮絲，絕不會。那一切只是個大誤會。」

「你心情比較好了嗎？」

「好多了，」尤安說，一邊微笑著：「那麼，明天見。」

阿格妮絲關上門，尤安深吸一口氣。他完全不想糊弄這個好人，但是此刻他絕對用不上她。

他匆忙走回櫃檯，沒耐心地撕開包書的紙。

然後僵住。

他的心像停了一般，他的雙膝像是蠟做的。尤安失神地看著手裡拿的這本書，然後全身顫抖地把書放到櫃檯上。他試著平伏自己的呼吸，然後打開第一頁。

不可能。

無法解釋。

他面前是非常少見的一八五七年初版《辛歌瓦拉》，狀態幾乎完美——除了綠色封面上的開口，看起來就像一道微笑。可以排除偶然，也不會是複製品，因為這本書此外還有維克多．里德柏克的親手簽名，並且獻給某個人，也就是某個尤安。

他身邊一切都在旋轉。他覺得就像被罩在一個厚厚的玻璃鐘裡，鐘在陀螺上舞動著。聲息遠離，光線變暗，然後又變亮，出現少見的光澤和不自然的顏色。

這一定是**那本**書，黎娜當時送給他的同一本書。但是，天啊，怎麼可能？聽在他耳裡就像瘋了。

「但是，怎麼可能？」尤安呼喊出來，而且越來越大聲：「該死的，怎麼可能？學者，貴賓，白兔，威廉，西哈諾——你們在哪？隨便哪個人！幫助我！解釋一下！你們一向無所不知！」

尤安兩手緊抓著櫃檯，因為他覺得眼前發黑。他沿著木頭邊緣摸索，想走到門邊，呼吸新鮮空氣，這時一切突然變亮，一個陰暗模糊的人影出現在他面前。

「辛歌瓦拉！」他起初難以置信地呼喊，然後充滿喜悅地叫著：「辛歌瓦拉！

真的是妳！能告訴我發生什麼事了嗎？」

尤安奔向那個人影，但是半路上雙腿一軟，跪坐木地板上，就這麼無力地躺在那裡。

他感覺額頭一陣舒適的涼爽，某個人說：「來，你一定要喝點水。你能站起來嗎？」

他的眼神慢慢集中，他的記憶慢慢回來，慢慢看清自己身在何處。他嘆息著起身，一定是阿格妮絲放在他額頭上的溼毛巾，這時落在他的牛仔褲上。

「發生什麼事？」他問。

阿格妮絲拿著一杯水繞過櫃檯，跪在尤安身邊，把水遞給他。

「我已經走到院子一半，突然聽到你大叫。起初我以為你正嚴肅地和誰吵架，或者又發作了。我就立刻回頭，打開門，想知道發生什麼事。那時你剛好也搖搖擺擺地走向我，叫我辛歌瓦拉，還問我發生了什麼事。你真的把我嚇死了，你眼光渙散，雙手亂揮，然後你就跌倒了。」

「噢，」尤安有些無力地說：「對了，《辛歌瓦拉》。」他喝了一大口水。

「我從來沒問那是誰，對我而言，那只是我們咖啡廳的好聽名字罷了。」阿格妮絲說。

「辛歌瓦拉是維克多．里德柏克同名小說的一個文學人物，」尤安疲累地解釋。「她是個吉普賽人，在中世紀跨越階級愛上一個貴族。」

「聽起來浪漫，但是你果然欺騙我。」阿格妮絲說著，皺起額頭。

「欺騙妳？我？妳？」尤安呻吟著，扶著疼痛的腦袋。

「當然。你之前宣稱你已經比較好，當時在黑俄德卡斯超市的一切只是誤會。但是剛剛又再一次發作，就和在安妮卡那裡一樣。你又自言自語，只是這次比上次嚴重多了。然後你還把我和這個小說裡的辛歌瓦拉搞混了。」阿格妮絲站起來，撫平及膝的裙子。「尤安，我們大家都很擔心你。你一定要去看醫生。」

「我不必看醫生，」尤安反駁，卻又怯懦地說：「至少我這麼認為。」他努力著，也想站起來，幾次努力之後終於成功。然後他指著櫃檯的方向說：「妳看，阿格妮絲，我今天在卡爾斯塔德的**跳蚤市場**買到這本書，就是剛說的《辛歌瓦拉》。而且，我該說什麼，剛好就是黎娜當時送給我的同一本，就在我們的船沉沒，她去世之前。這件事言如其實地擊倒我了。」

阿格妮絲的表情關切：「我之前不知道。」

「妳又如何能得知？」

「即使如此，尤安，就算你以為這本是和當時的同一本書，在我走向門的時候，你不應該馬上就想著，女主角出現在眼前。驚嚇是一回事，但這又完全是另一回事。你給我的印象就像你看到鬼一樣。」

尤安沒有反駁——其實比她想像的還糟糕得多。畢竟不只是同名的書，甚至是**同一本書**！

「我承認，這本書和我對它的記憶真的給我強烈打擊，但是請妳不要擔心，一切都會好起來，現在震驚已經過去，妳大可放心回家，我們明天就會和過去一樣神清氣爽地見面。我保證。」他試著安撫阿格妮絲。

對方沉默地盯著他好幾秒鐘，尤安總覺得，關於這件事，她只在這一刻，為了和平相處，才接受他所說的話。

「好，尤安，」她最後說：「如果你說我應該留你一個人在這裡，我現在就離開，明天一早才來。**再見。**」

說完這些話，她這天第二度離開二手書店，但這一次顯然心情更不好。

早早用畢晚餐，尤安就開始讀這本書，其實是他第一次讀這本書。當時，黎娜把書送給他的時候，立刻就遺失了，之後這些年，他不想再知道這本書的事情。悲傷的記憶實在太強烈。這時，幾乎無法止息的好奇，混合莫大的驚訝，再加上一絲恐懼及渴望襲向他，他真正把這本書生吞活剝下肚。這本書敘述的故事發生在十四世紀，關於一個名叫愛爾蘭．孟內寇德騎士的禁忌之愛，他愛上書名裡的吉普賽女郎辛歌瓦拉。也許尤安之所以如此沉迷於這本書，還因為他只想避免思考這足以稱為超自然的事情，這件事是讓這本書出現在他面前餐桌上的根本原因。但是這個令人心碎、悲劇性又浪漫的故事快速讓他沉迷其中，它敘述一段因為外在狀況、階級差異和命運而永遠不許發生的愛。

不知何時，尤安躺到床上，關掉所有的燈，只剩下一盞小小的新藝術風格的閱讀燈，有著風鈴花形狀的緞面玻璃燈罩。它以溫暖的燈光，低調地照亮書的每張頁面。

時間已過午夜，愛爾蘭和辛歌瓦拉的愛轉變成同等激烈的恨，最後出現第一個死亡犧牲者，愛爾蘭在森林裡誤殺了他和辛歌瓦拉所生的第一個孩子。深夜兩點，在書的最後一頁，愛爾蘭．孟內寇德騎士在自閹之後獲得啟示和領悟，在絕望之下決定前往尋找生活在樹林深處的一個隱士，而辛歌瓦拉為了報復，誘拐騎士的第二個孩子，那是他和其他女人所生（這個女人在午夜時分已經因為瘟疫而死亡），好將這孩子當作親生兒子撫養長大。

兩點半的時候，父親和兒子多年之後在森林裡相遇，悲哀地卻不認識對方。兒子在和父親短暫對話之後繼續前進，只剩下孤單的騎士——沒有愛，沒有妻子，沒有孩子。

尤安闔上書本。這時將近三點。他雙手緊抓著書，垂到夏季薄被上，望著上方的木鑲板，試著整理內心起伏的情緒。辛歌瓦拉和愛爾蘭的故事，他們的愛情和毀滅讓他心有所感，但是真實世界也有一些令人困惑的事實，和維克多．里德柏克的神話故事混合。黎娜將近四年前在于美歐買給他這本書，她在**萊克桑德號**甲板上把書送給他，並且描述她是向一個非常怪異的舊書商買的——**濃密的灰髮，雜亂的鬍子，一張滿是皺紋的臉上有雙耀耀生光的眼睛，然後還有個大鼻子，大到不像真的**。

尤安和黎娜最後一次對話的字字句句深印在他的記憶裡，他確定自己能一字無誤地重複她的話。這是他唯一留下的：記憶。

然後颶風來襲，改變一切。尤安想拯救黎娜，想救起那本書，但是他兩回都太遲。那本書一定也沉到波羅的海冰冷的洪水裡。

果真如此嗎？如今他畢竟把這本書拿在手上，不可能。

「尤安？你睡了嗎？」

他嚇得跳起來，疲憊地張開眼睛，他一定是真的睡著了。然後他環視著半黑的房間。

「這裡。」同一個女性聲音說，聲音從房間盡頭傳出，從尤安掛著衣服的椅子那邊傳來。

「是妳？」尤安驚訝地問。他不必一秒鐘就知道，深夜裡叫醒他的是誰。「辛歌瓦拉？」

「完全正確。」這位女性聲調裡充滿活力——至少尤安聽起來是這麼覺得——還有一點南方口音。她起身，身軀柔軟地穿過房間，走到尤安床邊，坐到床緣。她的舉止優雅，帶點動物性，感覺驕傲而無法馴服，但是在這種印象之下似乎隱藏著脆弱。

「可憐的尤安，」她說：「你那麼想念她。」辛歌瓦拉的黑髮看起來就像深色的瀑布，湧向臀部。

「嗯，」他說：「我想念她，越來越深刻，每一天。」他暫停，「但發生了什麼事？請告訴我。」辛歌瓦拉笑著（聽起來確實頗具情色魅力），「哎，我可人的尤安，我能告訴你什麼？我所知並不比你多，我只能告訴你，你雖然知道卻沒有領悟的事情。」

尤安把書放在身邊床頭櫃上，在床上坐起身。

「卡爾斯塔德的舊書商是什麼人物？」他問。

「書商。」棕膚美人回答，微笑著。

「當然他是個書商，」尤安微慍地回應：「但他是把書賣給黎娜的同一個人嗎？」

「你認為呢？」辛歌瓦拉回問。

尤安想了一下，然後輕聲地說：「我想是的，雖然不可能。」

「因為不應該發生？」

「因為沒有這個可能性。」尤安反駁。

「就像真愛？」

尤安看著她，「很遺憾妳和愛爾蘭身上發生的事。」

辛歌瓦拉又笑了出來：「謝謝你的同情，但我只是個小說角色，尤安，希望你還清楚這一點。再說，羅密歐和茱麗葉的遭遇還要惡劣許多，我想。我們兩人，愛爾蘭和我，一直到書的結尾都還活著。」她的聲音低了下來，「我對你和黎娜發生的事感到遺憾。你們才真正值得同情，因為你們不是小說角色。你們是真實存在的人。」

「這倒是，至少就我而言，」尤安附加了一句：「但是妳顯然也有一顆心。」

辛歌瓦拉站起身，挺起肩膀，「因為你看出來了，尤安，僅因如此。不過現在回到你的困境。因為你認為卡爾斯塔德的舊書商就是把書賣給黎娜的人，同時卻又深信這是不可能的事情，我如果站在你的立場，我會聽從舊書商的指示，直到你能確定，他的詛咒最終不會成為現實，就像他本身和那本與我同名的書一樣。」她稍微向前彎身，深棕色的眼睛神秘地朝著尤安放光：「相信我，我很清楚詛咒，我的血管裡流著吉普賽人的血液，我出身流浪的民族。」

「比一個雲遊學子好多了，」尤安喃喃說著（辛歌瓦拉似乎沒有聽見，或是不想理會）。「所以我該怎麼做？」他稍微大聲些問她。

「多加把勁，尤安，」辛歌瓦拉激勵他：「你不是傻子，就像你聽到的，賣掉這本書。在報紙上刊登廣告，看看發生什麼事。報紙不只能用來包煙燻魚。你還有一整個月的時間。也許你因此找到正確的人，讓你能說出，他適合我的書，書也適合他。」

「但是假設我能找到這個特別的人，然後呢？」

「向他索取約定的兩個金幣，在仲夏節把金幣付給舊書商，等著看會發生什麼事。總會發生什麼事，一向總會發生什麼事，你早就知道了。尤其是在灰鶴遲到的這一年。」她對尤安眨個眼，把一綹漆黑的頭髮撥到肩後，下一刻就從臥室消失，消解在夢幻之中。

第四部

4. Teil

1 五封信和兩個金幣

第二天早上，阿格妮絲如約定準時八點半站在門前，雙手提著兩個籃子，分別裝著剛烤好的文學蛋糕。尤安在浴室裡竭盡全力，交換著冷熱水浴，但是他昨天向阿格妮絲滿口承諾的神清氣爽，今天即使再努力也辦不到。那位辛歌瓦拉女士昨晚消失，尤安終於睡著的時候，他的錶指著三點半。鑑於剛發生的事情，以及他腦子裡的種種想法，他未能睡個好覺。

「**早安**。」阿格妮絲問候他，走了進來。她同情地看著他說：「一切都沒問題吧？你睡得不好嗎？」

「欸，過得去，」尤安說：「我昨晚又看了點書，所以比較晚睡。」

「看書？」阿格妮絲審查的眼神幾乎就像夏洛克・福爾摩斯。

「是啊，一本真的引人入勝的書。時間有如飛逝。」

尤安接過她的兩個籃子，好把它們拿進廚房。

阿格妮絲跟在他身後。

「是**這本書**嗎？」她嚴格卻善意地像個修女般問他。

尤安把籃子放在廚房桌上，轉向她。

「對，沉浸在《辛歌瓦拉》裡面。但是別擔心，沒有人需要擔心。我不錯，好嗎？而且我現在終於看完維克多．里德柏克的小說，不會那麼快就再看一次。我反正打算賣掉這本書。」

「啊？」阿格妮絲說，把第二個籃子放在另一個籃子旁邊，好從兩個籃子小心地取出剛烤好的文學蛋糕。然後她從其中一個籃子又拿出些什麼，那東西包在報紙裡。「給你，尤安，連同古納爾的問候。這條鮭魚是他今天一大早剛釣到的，幫你切好了。在做禮拜之前。」

尤安從阿格妮絲手中接過魚，把魚放進冰箱，「幫我對古納爾說謝謝，好嗎？」阿格妮絲點頭，然後她說：「再回到你那本書。你在船上從黎娜那兒得到同一本書，是嗎？」

尤安點頭。

「即使如此你還要賣掉這本書？」

「是，我不想再擁有這本書，因為一切自有其時，不是嗎？」

他避免透露有關這本書的真相，以及他為何**必須**再度出售它。她絕不會相信怪異舊書商以及他奇特的交易，反而會比之前更擔心。因此尤安最後說：「反正它已經放在二手書店裡，等著買家上門。」

阿格妮絲的臉色亮了起來：「這是個好想法，在我看來是唯一的正確決定，永遠擺脫這本書，把它從你的生命移除，越早越好。把所有過去留在身後。古納爾的看法也一樣。噢，老天爺，我差點忘記最重要的事情。」

「什麼事？」

「古納爾和碧爾吉塔非常誠摯地邀請你出席仲夏節。我該幫忙問問你會不會過來，好讓他知道應該為週六早晨準備多少蝦子。」

尤安想了一下，小龍蝦？聽起來不錯。而且這是他收到的唯一一個仲夏節邀請。另一種方式就是獨自過節。「請轉告古納爾和碧爾吉塔，我樂意前往。」

「他們會和我一樣開心，」阿格妮絲滿意地回答：「我們現在開始嗎？」

尤安同意，於是他們準備今天的咖啡館營業。好天氣讓人期待許多訪客。

確實，這個星期天在「辛歌瓦拉」發生一些事。整整三十位客人上門，都是因為溫和的夏日氣溫才來到咖啡館，以及造訪二手書店，好在尤安的庫存裡找書。他售出許多本書，書店裡有好一會兒甚至稍微擁擠。

整體來說，這個星期天的工作進行大部分優閒自在。唯一值得一提的平靜干擾是四位較年長的女士，她們下午兩點上門，只在嘴裡塞著阿格妮絲的「皮皮洛塔蛋糕」加上鮮奶油，或是一口無咖啡因的咖啡喝在嘴裡的時候，才會暫時停止喋喋不休。其實也不是特別糟糕，因為她們每個人至少都點了兩塊蛋糕，而且最後還給阿格妮絲一筆豐厚的小費。

晚上，咖啡館和廚房都打掃完畢，櫃檯結完帳之後，阿格妮絲帶著她兩個空的籃子，開著她兄長的車返回黑俄德卡斯。尤安看著她車後消散的塵霧，然後進到廚房，用蒔蘿奶油醬蒸煮古納爾新鮮捕撈的鮭魚，又煮了馬鈴薯，喝了啤酒。他把紙張及原子筆放在一旁，一邊咀嚼，一邊享受難以言喻的細緻魚排，加上在奶油醬汁裡壓碎的馬鈴薯，想著他有多開心，不管是拒絕馬格努斯邀請他入股出版社，或是帕特里西亞的愛意。然後他為那本從德瓦林松買回的書思索一段恰當的廣告詞。

雖然他因為職業的關係，能琢磨字句且精準表達，尤安還是不得不承認，其實根本沒那麼簡單。事實上他甚至很難讓文字切中要點。

因為一方面，廣告當然必須喚起注意力，另一方面卻只觸及特定人士圈子，其中有**真正值得擁有**這本書的買家——不管舊書商和辛歌瓦拉女士究竟所指為何。

尤安搜索枯腸，寫下，刪掉，潤飾，撕掉一頁，揉成小紙團，畫出高高的弧度丟進垃圾桶，裡面有給舊廚房爐子用的小木塊。然後終於，又喝了一瓶啤酒之後，他才深信至少連他自己都不可能寫得更好。

古董寶貝愛好者注意！

維克多．里德柏克的《辛歌瓦拉》，少見親手簽名初版，約18×25公分，狀態非常良好，精裝書封上小而獨一無二的損壞。只交到正確的人手上。定價兩枚金幣。

黑俄德卡斯安德松二手書店，電話0524／62205。

第二天一大早，他用打字機把這段廣告文字打了五份，分別連同一張手寫信，放進貼了郵票的信封，寄給**《博胡斯蘭寧根》**、**《韋姆蘭民報》**、**《斯莫蘭提德寧報》**地方版，以及全瑞典都發行的報紙**《達根斯奈赫特報》**和**《阿富通報》**的廣告部門。尤安當然知道還有更多地區性報紙，但他希望這些選擇已經足夠。姑且不論整個行動已經花了一些錢，辛歌瓦拉女士並沒有給他相關的詳細限制，德瓦林松反正似乎漠不關心。

同樣出於花費原因，他其實應該寫得更短一些，因為每一行都要計價，視報社不同，價格介於二十五到七十五克朗之間，但是他想要那些不了解古董術語的人也立即了解廣告內容。因為不是每個讀者都看得懂「hndsig. EA, gr. 8°」——「親手簽名初版書，22.5～25公分書背高度」。畢竟真正值得這本書的人可能是個從未擁有過舊書的人。也許此人理解，卻是個大近視，得要另一半在早餐桌旁讀廣告給他聽。有誰能排除這種可能性？只要尤安回想卡爾斯塔德的舊書商德瓦林松，此時他就不再覺得可能性那麼小。

除此之外，他也決定不要刊登編號廣告，即使他覺得這個方式原則上有意義。尤安還沒有忘記，他幾年前搬到這裡，透過分類廣告向他現在這部車子的前車主開價，好盡快放下他對斯德哥爾摩舊生活的最後記憶。他於是接觸到許多人，有著難以理解的口音，或是髮型大膽，部分穿著需要清洗及修補的衣服，顯然是從瑞典森林淺山冒出來，而且事後他也樂於放棄與之結交的人。

使用編號相反的，賣方受到保護，因為他的資料不會公開。他可以自行篩選透過報社表達意願的人，有需要的時候才接觸。缺點在於這個方式耗費時間，直到仲夏節，尤安並沒有太多時間可用。來週廣告會刊登第一次，然後在六月刊登三次，分別都在銷量最高的週末版，應該足夠。

尤安喝完他的咖啡，拿起這幾封信，上車，前往烏德瓦拉。並非黑俄德卡斯沒有郵箱或是郵局，其一是郵局位在安妮卡的超市裡，鑑於最近在巧克力餅乾走道發生的事情，他沒興趣接觸她檢查似的眼神，其次是他還必須解決換錢的事情。

整整一小時之後他從烏德瓦拉他的開戶銀行分行走出來，再度踏上人行道，那裡充斥著活躍的夏日旅遊活動。尤安用手感覺口袋裡的兩個金幣，那是他剛買的。兩個十克朗金幣價值五千克朗可不是小數目，但尤安想事先準備好——為了應付不太可能的情況，也就是雖然刊登廣告，卻找不到《辛歌瓦拉》的適當買主。寄給五家報社廣告部門的信件早在之前就已經在郵局櫃檯交寄。現在只剩等待。他迫切想知道誰會回應。

2 和感覺比較相關

尤安無須長久等待。初次廣告之後，第一個回應的是斯德哥爾摩一個拍賣商，以電話聯絡，承諾價格遠高於只是「可笑的兩枚金幣」，對方這麼說。尤安盡力說明，這個交易和金錢或金幣無關，唯一重要的是把書交到正確的人手裡。拍賣商一定早就聽過無數次這些話，但即使如此，他顯然不明白，因為他仍然堅持不懈。

「我想，您一定能從中獲得兩萬或三萬克朗，淨值，當然，就是不含費用也不含稅。」他誘惑地說。

尤安無法擺脫那種感覺，感覺在電話另一端的談話對象深信，他正和一個絕對愚蠢的鄉巴佬說話，為了吃飯就從樹上爬下來，因此對於他所出售的東西，或是普遍的交易行為都毫無概念。

「噢，我十分相信您。」尤安說。「我自己知道，這個版本非常、非常少見，而且還有作者親筆簽名。真正的蒐藏家也許甚至會付出十萬克朗或更高的價格。」

「對啊，您看！」拍賣商高興得太早。

「但是我已經說了，價格固定：兩個金幣，不多也不少。我可以說是受合約所約束。」

「這實在太瘋狂了。」那個男人放棄地嘆息說著。

「是啊，您和誰說話呢。」尤安附和地說。

「好吧，那我就去您那裡，支付那兩枚金幣，成交？」拍賣商最後讓步說：「要是我現在開車出發，今晚就能到您那裡。」

「可惜行不通。」尤安說。

「但是以主之名，為什麼不行？您剛說了，兩個金幣……」

「是，的確，但就像我寫在廣告裡的，我只能把書賣給真正值得這本書的人，讓書落到正確的人手裡。」

「值得，值得！要怎麼值得一本書？」拍賣商激動地說：「而且，我究竟有什麼不對？為什麼我不值得擁有它？您想羞辱我嗎？」

「不是，我完全沒這個意思，」尤安試著安撫他：「即使我也並不真的能判斷。我既沒有客觀的標準，也不是這方面的專家。這應該比較是感覺方面的事。事實是，我想您並不值得擁有它。」

「您知道**我**怎麼想嗎？」那個男人忿忿地說：「我想您就是個自大的人，還是個白癡！」

拍賣商憤怒地結束通話。

這應該不會是這類電話的唯一一通。

在同一天，有家烏普薩拉的企業、一家哥特堡的舊貨商和一個斯德哥爾摩的文學教授都打了電話。尤安向他們都說明事實，向他們提出無可爭辯的固定價格，拒絕他們。每個打電話的人都把他當作傻子、瘋子或是眼光短淺的人。每個有興趣的人都無法接受不能買某樣東西，雖然他們出價比定價更高，以及雖然沒有其他競爭者出於財力或其他理由而勝出。他們不明白，他們不接受。

但是尤安不在乎。因為值得擁有這本書的人不是他們其中之一。他不僅在打電話的時候傾聽線路另一端的談話對象，也傾聽自己的內心。而他的內心沒有一次感到悸動，足以讓他詮釋為預兆。

於是一天一天、一週一週過去了，雖然在一週中間，來電次數一般稍微減少，但是只要報紙出新刊，有意者來電的頻率就提高。

但是過了月中之後，幾乎再也沒人打電話給尤安。或許每個對這部作品有興趣的瑞典人早已打過電話給尤安，或者在相關的圈子裡早已傳開，這個黑俄德卡斯的二手書商鬆了一根螺絲，他所謂的文學寶藏——如廣告大肆宣傳的——根本就不存在。也許人們只是因為準備歡度仲夏節，被即將來臨的度假季轉移了注意力。反正仲夏節前三天，尤安的電話完全靜默。

再也沒有人和他聯絡。

尤安搬到這裡的時候，在住家和二手書店分別安裝了電話機，他可以利用兩支家用電話，甚至把對話者從一部電話轉到另一部，技術上而言，在黑俄德卡斯是超級摩登，即使他只運用過幾次這個可能性。檢查線路和電話機本身，結果兩者完全正常。似乎真的不再有人對《辛歌瓦拉》感興趣。

在仲夏節前的星期四，尤安無計可施地站在二手書店裡，咖啡館早已經打烊。這是安靜的一天，只有三對情侶趁散步的時候過來喝點什麼。

往院子的門開著，太陽在天空明亮照耀，把光芒投射在院子周圍的穀倉、書架和書堆，尤安交叉著雙臂看著這一切。他真的期待某人回應嗎？或者問題出在他的廣告文字，就是不能把正確的人引到他身邊？然後慢慢地他起疑：也許在他隱藏的內心最深處，不由自主地有個微小、幾乎難以察覺的想法，經過月月年年的餵養，直到它柔和無聲地發芽成希望，也就是命運是否可以這麼簡單地讓溺水的黎娜活過來，就像命運可簡單地讓一本沉沒的書重新浮現？

「你真的這麼希望嗎？因為《辛歌瓦拉》打電話給你的人都沒說錯。你真的是個傻瓜，尤安．安德松！」

尤安望向木地板。

那裡突然無中生有似的坐著一隻黑貴賓，訓斥著他：「我警告過你了。」

「的確，」尤安承認，「但是我現在該怎麼辦？」

黑貴賓站起來，搖晃身體，歪著頭說：「是啊，如今好建議可昂貴著，不是嗎？你不能回到斯德哥爾摩。我想，不管是有氧臀部的帕特里西亞，或是你善意的前合夥人，你都不能出現在他們眼前。」那隻狗轉了一圈，然後坐下來，重新盯著尤安，密謀似的對他眨眼：「至少，沒有完美準備，以及許多相當可信的歉意和解釋可不成。」

外面有輛車子駛上停車場。

「有人來。」尤安驚訝地說。

「干我什麼事？」黑貴賓問他。尤安跨出二手書店走到院子裡。

有個男人，大約和他同年，信步跨著石礫走向他：「**您好！**」男人喊著。

尤安回應以問候：「**您好**。抱歉，咖啡館已經打烊了。」

「啊，沒關係，我不是因此才前來，我是為了那本書而來，因為**《阿富通報》**上的廣告。我找到的是二手書商尤安．安德松沒錯吧？」

那個男人把手伸向尤安。他握手堅定又舒服，尤安這麼長時間以來首次感到某種深深的熟悉感，幾乎像是對阿格妮絲和她的兄長貝爾提松牧師那樣。

「是，您沒弄錯。」尤安回答。然後他突然打住。「請問，我們認識嗎？」

那個男人抿著嘴脣，以深思的表情觀察尤安好一會兒。然後他搖搖頭：「我想沒有。」他友善地笑了，「但是我很高興認識您。我是靈德鴻，班特．靈德鴻。」

尤安也自我介紹。而就在這一刻……該死的，命運究竟想些什麼，來得太遲的灰鶴，他自己脆弱的精神，或者不管誰參與其中，怎麼會讓他相信這個？在這一刻，尤安深信，不，他知道，這個人，別無其他人，值得擁有這本書。

「您說您是為了《辛歌瓦拉》前來的？」

「完全正確，」班特·靈德鴻回答：「《阿富通報》分類廣告上寫著，您想以兩個金幣的價格出售這本書，前提是書要落到正確的人手裡。」

「大約就是這樣。」尤安說。

「要求的數目和貨幣種類讓我覺得罕見。」那個男人說。

「啊，確實也是，毫無疑問，但這方面我可說受到合約的束縛。」

「我並不介意。不過您並沒有寫清楚，是哪種金幣。我聽說金幣差別相當大，重量、年代和價值等等。」

「這無所謂，」尤安說：「重點是兩個金幣，最好是瑞典的。」

「這就更罕見了。」靈德鴻先生向後退了一步，伸直他的手臂：「只剩下最後一個要求：要到正確的人手裡。我有嗎？」他微笑著。

「絕對有，」尤安說著點頭：「我立刻就注意到了。」

靈德鴻放下手臂說：「我很高興。我必須承認我相當激動。我讀到您的廣告純粹出於偶然。」

「以我最近的經驗而言，偶然就是這麼一回事。我不再相信偶然了。」班特·靈德鴻沉默地觀察尤安好一會兒。最後他說：「您是個卓越的人，安德松先生。」

「謝謝，我對您也有相同的看法。那麼我現在要讓您看看，您來到此處的目的。」

他們一起走進二手書店。太陽還照得進來，閃耀的光芒和舊書的氣味填滿高高的空間，賦予這空間溫暖和非常特殊的氣氛。

「了不起！」班特·靈德鴻讚嘆。

「再稍等一下，」尤安說：「我去拿書。」他快步穿過營業空間到後面，那裡即使有太陽及電燈也從不會完全明亮。不久後他帶著他的寶物箱回來，推到班特·靈德鴻腳前。

他從褲袋裡抽出一個深藍色的絲絨袋子，袋子用繩子綁著，這時他打開袋子，然後伸手到袋子裡，取出兩個不同大小的金幣，放在櫃檯上給尤安。

「一個十克朗和一個二十克朗的金幣，如果沒錯的話，」他說：「金幣是我父親傳下來的。」

尤安點頭說：「可以。現在我把您珍貴的《辛歌瓦拉》交給您，您一定會感到印象深刻。就連封面上的小裂口也算特點。」

「怎麼說？」班特·靈德鴻問道。

「裂縫像微笑的樣子。」尤安解釋，想到這裡，他一時有點哀傷。

他快速地打開箱子，蓋子吱嘎地抬起，尤安往裡看的時候卻嚇得臉發白。

班特・靈德鴻問他：「一切都沒問題吧，安德松先生？」

尤安雙膝一軟，盡他緊張而顫抖的手所能，謹慎地逐一拿出箱子裡所有的書，堆在一旁的地上。然後他絕望地看著班特・靈德鴻，完全毫無頭緒。

「書不見了。」

尤安和班特・靈德鴻一起找遍二手書店大部分，雖然他比較清楚，他一定把《辛歌瓦拉》放在他的寶物箱裡，但就是找不到那本書。班特・靈德鴻問尤安，是否可以想到誰會從箱子偷走那本書。

任何情況都可以想像，必須這樣假設，尤安回答。班特・靈德鴻附和地點頭，並且表示不可能有其他解釋。畢竟一本書幾乎不可能分解在空氣中。

尤安沒說什麼，因為在這個時間點上，他並不那麼確定。過去幾年，許多事物出現在他生命中，又消失在空氣中——一本書又有什麼不可能？

班特・靈德鴻不見得有個滿意的印象，但是他並不生尤安的氣。至少他並不像其他表達興趣的人一樣，懷疑尤安根本不曾擁有過那本書。他又把兩個金幣收起來，把他的電話號碼留給尤安，以備《辛歌瓦拉》又出現的時候，因為他依然對這本書很有興趣。然後他就駕車離去。

第二天晚上，尤安坐在他屋前的木棧上，喝著咖啡，不時把奶油餅乾浸到裡面，讀著赫曼．赫塞的《荒野之狼》，好從尋找《辛歌瓦拉》幾個小時的徒勞無功轉移開來，這番尋找還一直讓他很困擾。反正今天是仲夏夜，仲夏節前的週五，二手書店和咖啡館都打烊。

這時有人在敲院子門。尤安驚訝地把咖啡杯放在階梯上，書就敞開地放在一邊，前去察看誰會在這個時間還來找他。他以為是迷路的旅客，想討一口水。但是當他打開門，他宛如受到重擊。

他完全忘了德瓦林松先生。

「**嗨**，安德松先生。」老舊書商問候他，就像他們約好了，有如他現在、此刻站在尤安面前再尋常不過。

這個瘦小男人的衣服沾滿灰塵，感覺比當時在卡爾斯塔德的跳蚤市場更與時代脫節。他把兜帽向後撥，他的眼睛在依然炙熱的傍晚陽光裡發亮，太陽高高掛著，都快以為才剛過正午。他的灰鬍子滾滾而下，被來自雷爾豐湖的風輕柔吹動。他的肩膀上用一根健行杖挑著一個袋子，這時他放下健行杖，靠在大門上。

「我為了那本書而來。」德瓦林松先生說。

尤安吞了一口口水。

「是是，那本書。」他說著，注意到他這話聽起來該有多蠢。

「您能賣掉它嗎？」

「不能。」

「值得這本書的人沒有出現嗎？」

「不是的，他今天出現了，至少我深信對方就是那個人。」尤安回應。

德瓦林松先生審查地看著尤安。

「但是為什麼您後來沒把書賣給他？明天就是**仲夏節**了，您知道，要是您沒賣出那本書，我今天就必須帶走那本書和金幣。就像約定好的。」

「書沒了。」尤安說。

「書沒了？」

「對。」尤安懊悔地回答。

「**沒了**，那是什麼意思？在哪裡沒了，怎麼可能發生？」舊書商的臉變得非常認真。他的眼睛滿是威脅地瞇成一條縫。

「恐怕有人從我這裡偷走了。」尤安坦承。「我今天想交給買家的時候才注意到。我的二手書店在過去幾個星期一直熙來攘往，許多人都有機會偷走書。我應該把書留在家裡，而不是放在我的箱子裡。我傷心欲絕。」出乎尤安的預料，德瓦林松先生的臉部線條放鬆下來。

「被偷了，您這麼說？嗯，真不尋常，但是我接受，」他說：「我相信您。」

「但是我如何能再找到《辛歌瓦拉》？」尤安問。

「安德松先生，我買賣書，既不是警察，也不是靈媒，我不知道。但是我能向您保證，一切都有自己的道路，一直以來都是如此。也許您今天發現的人畢竟不是正確的人，也許是正確的人偷走了那本書。也許那本書某天自行回到您身邊。又有誰能知道？您應該曉得，根據我的經驗，有些書自行找主人，而不是反過來。文學和魔法有時只有一線之隔。」

德瓦林松的手臂戲劇性地在空中揮舞，像個魔法師正在念咒召喚。然後他把攤開的手掌伸向尤安。

「但是這並未解除您支付兩個金幣的義務。」

尤安點頭說：「當然。」

因為這段奇妙對話的開展而感到迷惘，他急忙走進屋裡，隨即帶著兩個十克朗的金幣回來，那是他在烏德瓦拉的開戶銀行購買的。他把金幣放在德瓦林松先生依舊攤開的手裡。

德瓦林松先生看著金幣，先後放到牙齒間，檢查它們的真偽，然後放到他粗糙麻布褲子鼓起的口袋裡。

「瑞典金幣，不錯。安德松先生，我說我們扯平了。」他打量著尤安好一會兒。「哎呀，您不要擺出一張憂鬱的臉嘛，年輕的朋友。一切總會繼續，只要命運之錘落下。」說完這些話，德瓦林松先生拿起他靠著院子大門的健行杖和袋子，背到肩膀上。「我離開之前，能拜託您給我一點水喝嗎？我已經不年輕，我的道路既長又塵土飛揚。」

尤安拿著一杯水回到大門邊時，德瓦林松先生已經不在那兒。尤安放眼望著深綠的風景，但是舊書商就和那本《辛歌瓦拉》一樣消失無蹤。尤安想到，他根本還沒問過對方是怎麼過來的。這個灰鬍子的怪傢伙有車嗎？當他跑遍全國，從**跳蚤市場**到**跳蚤市場**，也能載運書及攤位的車子——也許是一部老平板車，裝著木桿和飄動的篷布？他把車停在下方街道邊嗎？他不是走路過來的吧？他究竟打哪裡來，往哪裡去，住在哪裡？

尤安覺得暖熱，流著汗。最後，他把原本要給德瓦林松先生的水喝掉。然後他鎖上院子大門，思索著走回房子露臺。圍繞著這本書的整個故事，以及獨特有餘的書商對他而言沒有任何道理。

留下的只有困惑，混合著失望。

3 竊物的喜鵲

就尤安記憶所及，如果在瑞典打賭仲夏節是否下雨，認定會有個藍得發亮的天空，上面掛著白色棉花雲的人，大部分都輸了。尤安第二天清晨從窗戶望向雷爾豐湖，一邊在廚房喝著咖啡，天空是灰撲撲的。些微細雨沾溼風景，溫柔的風從東邊吹來。

他坐在廚房桌邊，繼續讀著《荒野之狼》，但並不能好好集中精神在文字上。更常發生的是，他必須把剛念過的句子從頭再讀一次，因為讀到句尾，他就立刻忘記句子的意思。消失的《辛歌瓦拉》，黎娜，背著袋子的大鼻子怪異舊書商，一一掠過他的腦子，他就是沒能驅散這些想法。

於是《荒野之狼》剩餘幾頁的閱讀一直持續到傍晚，之後尤安才去淋浴，前往參加古納爾和碧爾吉塔的仲夏節盛宴。

慶祝會持續很久，直到夜間一點才結束，尤安不僅吃太多，也和古納爾多享用了一兩杯飲料。他們一起在黑俄德卡斯中心點樹立仲夏樹，回到牧師家之後，碧爾吉塔和阿格妮絲努力上菜。很傳統地有座巨大的小龍蝦山，從桌子中間的大盆子拿取食用，先用手脫掉牠們的紅色外殼，然後和塗了奶油的薄脆麵包以及蒔蘿奶油一起吃。此外，這兩位女士還準備了豐盛的**自助餐**。冷食的自助餐裡除了鯡魚、馬鈴薯沙拉、綜合乳酪之外還有許多菜色。

貝爾提松牧師殷勤地為大家添滿私釀的燒酒，那是維內斯堡一個垂釣同伴送給他的。即使充滿歡樂的氣氛，以及周圍親切的人們，卻有些什麼干擾著尤安。

起初他無法解釋，將之歸類為有些鬱悶的一般感受，從他發現《辛歌瓦拉》不在原位之後，他一直是這樣的心情。但是這天晚上他畢竟注意到，這種感覺來自古納爾的妹妹阿格妮絲，她的舉止和平常不同。友善，親切，有禮貌，內斂，就和往常一樣，但是又有些不同。尤安怎麼樣都無法解釋。他覺得阿格妮絲就像把什麼藏在盾牌裡，有如保守著一個秘密，好似有什麼意圖，不管是什麼。

這時尤安胡思亂想，因為這杯那杯仲夏節燒酒，情緒相當高昂地站在浴室鏡子前面，刷著牙，突然間察覺到一股他熟悉的氣味。他把牙刷放在洗手臺邊緣，快速地漱口，走進臥室。不，那不是他的想像，聞起來確實就是菸草味。他很快就了解，為何他覺得這個氣味熟悉。窗邊站著的不是別人，正是夏洛克．福爾摩斯，嘴角叼著冒煙的菸斗。而在通往走廊的門邊，他還真的發現了威廉．巴斯克維爾，雙手交疊在腹部，善意地朝著尤安微笑。

「一下子就來了兩個這麼聰明的男人？」尤安驚訝著：「我何德何能有此

殊榮？」

夏洛克．福爾摩斯從窗邊轉身，看著他說：「為什麼一下子來兩個？是這樣，我認為是您召喚我們，因為您想為急迫的問題尋找答案，而且沒有我們的支援就找不到。不是這樣嗎？」

福爾摩斯吸著菸斗。厚厚的煙霧在房間裡飄搖著散播開來，人們可能以為，這位英國犯罪小說的優秀偵探想把尤安的房間轉變成他的舊倫敦，充斥著燃燒煤炭的煙霧——也許因為他回到這個時期更能好好思考。

「我沒召喚任何人。」尤安說（而他自己注意到，他比平常大舌頭）。

夏洛克．福爾摩斯搖搖頭，重新轉身面向窗戶：「比我擔心的更糟糕。此外您喝醉了，這對您本來就一目了然的殘餘理智並不好，鴉片比較有幫助，不過這並不重要。您想友善地對我們沒有經驗的老朋友解釋嗎？」他朝著威廉．巴斯克維爾發問。

威廉跨步向前：「我樂於這麼做。尤安，你的確召喚了我們。」

「我記不得。」

「天啊。」夏洛克．福爾摩斯呻吟著，絕望地咬著菸斗。

威廉在他背後搖搖手，低聲對尤安說：「不要讓這個不信神的凱爾特人動搖你的心。」他走得更近，尤安都快能碰到他。

「的確，您並未站在您的房子裡，大聲呼喚我們的名字，但是您的靈魂顯然感到絕望，需要專業建議。您無聲地召喚我們，您了解了嗎？從第一次就是這樣。」

夏洛克．福爾摩斯轉身，他的格紋獵鹿帽幾乎從頭上掉落，「話說夠了，整個情況在我看來反正根本毫無邏輯。受幻象所苦的症狀說明病人自身存在的理由？弔詭！尤其是：我們此刻出現此處就為了解釋這個？不。我想，我們該緊急討論我們究竟為何被召喚出來。」

「好了，尊敬的夏洛克，即使我贊同您對最後一點的看法，」僧侶轉向偵探說：「對您的第一個說法，我卻有完全不同的意見。我們來找共同的朋友尤安並不是為了爭論不休，至少不是為了讓『受苦』二字合理化，為何單單這種整體感受的名稱就該受到質疑。另一方面，尤安也想澄清我們在他眼中的主觀存在，以及我們何以出現，他畢竟是個好奇的人，不是嗎？」

夏洛克．福爾摩斯把他的眼神重新投向威廉和尤安，「確實，這是具體而且重要的癥結。基本上我們似乎不過是部分的自我投射，但我認為，這在目前實屬次要。我們在這裡，因為有個潛在的犯罪行為尚待釐清。我們在這裡，因為尤安毫無頭緒，不知道他的書消失到哪去。」

「正是如此。」威廉．巴斯克維爾附和，即使尤安無法排除其中有一部分出於外交辭令。這位方濟會修士一定注意到，夏洛克．福爾摩斯的社會行為發展遠落後於他超乎尋常的銳利心智。

「您最後一次在何處看到那本消失的書？」他問尤安。

「我整整三星期前最後一次把書拿在手上，是我把書放進二手書店的藏寶箱的時候，」他回答：「在這之前，我把廣告函寄給各個報社，辛歌瓦拉女士建議我這麼做。」

「我們早就知道，因為您能想像，」威廉．巴斯克維爾說：「她對我們……說過。」

「之後您就沒把書從箱子拿出來？」夏洛克．福爾摩斯想確認。

尤安思索著搖搖頭：「沒有。我知道書在哪裡。至少我這麼想，直到昨天。」

他又加了一句。

「為何您把這本對您如此重要的書放在您的二手書店，而不是收在家裡？」僧侶問。

「我也想知道，」夏洛克．福爾摩斯贊同地說：「我說，那畢竟是您從摯愛收到的贈書。正是這樣一本書，以您的觀點來看，在許多層面如此珍貴，您卻從這個臥室帶到一個遙遠、您看不到的地方？」

尤安看著他的眼睛說：「我不知道您是否能理解，若非如此，我根本熬不過得知其中緣由。」

去。我必須和這本書分開，這是我和德瓦林松先生的約定，即使我應該永遠不會

「我至少了解，多愁善感並不能解決案子，」夏洛克．福爾摩斯務實地說：

「我們總結一下：我們無法確認書消失的準確時間，我們只知道發生在尤安把書放進箱子，以及他再度打開箱子，準備交給一個潛在的、名叫班特．靈德鴻的買家，就在這兩個時間點中間。所以任何竊賊都能在這個相當長的時段內偶然發現這本書，並且把書偷走。也可能是某人針對昂貴的二手書籍。咖啡店營業的時候，您並未隨時鎖上二手書店，對吧？」

「沒有。」尤安回答。

「因此很可能是某個人趁您不備走到二手書店，打開箱子取出那本書，而您正在廚房，或是幫忙阿格妮絲招待顧客等等，不是嗎？」

「是，有可能。」尤安說。

「誰知道您把書放在藏寶箱裡？」威廉．巴斯克維爾問道。

「沒人知道。」尤安說。

「您十分確定？」偵探追問。

「絕對確定。」

威廉．巴斯克維爾又把雙臂交叉放在灰色僧侶袍前：「但您也相信某人偷

走書？」

「和相信沒關係，老天爺。」夏洛克·福爾摩斯激動起來。

「即使您不是基督徒，也不要這般褻瀆主上！」威廉對他大聲說，並且以舉起的食指要他恢復理性。

「一直都只和邏輯以及從中找出的機率相關，」偵探無動於衷，靈活地轉向尤安繼續說：「誰有動機，動機可能是哪一個？」

「動機？」尤安詫異地問：「我猜測是嫉妒，或者只是貪婪。」

「很可能，但是犯罪行為的動機隱藏在內心深處，我親愛的朋友。」威廉·巴斯克維爾說。

「典型的動機——而且有統計數字可佐證——包括愛、嫉妒、恨與羨慕。」夏洛克·福爾摩斯附和威廉：「這些或多或少都和心有關，為了也用一回這多餘的譬喻。」

「但是隨時要想到：有熱情、火熱與饑渴的愛情，但是也有紳士之愛，手足之愛，以及深刻的人間友情。」威廉·巴斯克維爾說明。帶著映照出了然以及同情的善心微笑，他把雙手像祈禱似的交握在僧袍前。「我想我們竊物的喜鵲比較屬於後者，就您的情況。以我們的看法，您的心屬於另一個人。而且黑克托·薩維尼昂·西哈諾也這麼認為，我還受託帶來他充滿敬意的問候。」

「您早就認識犯人，而且知道該怎麼做。」夏洛克·福爾摩斯實事求是地下定論。

「謝謝。」尤安說。

「我也如此深信。」威廉說。

「我認識犯人，而且知道該怎麼做？」尤安疑惑地重複著。

「噢，**天啊**！偵探真的不會錯失您，我的朋友，」夏洛克絕望地喊著：「之前在牧師家餐桌邊，您不是還訝異於奇怪的感覺，這時您卻不知道該怎麼做？您倒是把一加一總和起來。」夏洛克·福爾摩斯幾近絕望地搖著頭。這般不符邏輯的思想聚合對他似乎相當恐怖。「來吧，僧侶先生，我們走，根本難以忍受。」他要求威廉·巴斯克維爾跟他走，然後就消失在走廊的黑暗之中，菸斗氣味逐漸消散。

「請在您內心尋找答案，取回這本書，還是您不想最終拿到出售所得？」威廉·巴斯克維爾問他。

「當然。但是所得是什麼？」尤安問對方。

「只有天知道。但是這份所得屬於您，這是您的命運。告別。」

威廉畫個十字，隨著最後充滿暗示的彎身致意，同樣消失在通往廚房的走道裡。

尤安追上前，但是已看不到威廉·巴斯克維爾。他暫時待在黑暗中，讓剛才聽到的話沉澱到心底。然後他突然間知道，這兩個偵探是什麼意思。尤安開燈，堅定地拿起電話，撥了號碼。

這時才早上十點，但是阿格妮絲一直敲尤安的屋門，直到他醒來，穿著睡衣站在門裡面對著她。她看起來不比尤安感覺到的好多少，看得出熬夜，而且哀傷。

「你好。」她低聲地說，遞給尤安一個塑膠袋。

「這就是了嗎？」他問。

她點頭，羞愧地望著地上。

「阿格妮絲，看著我，」尤安友善地要求她，「妳這麼做是因為妳認為，這是為我好，不是嗎？」

她又再度點頭。

「妳不該這麼做，因為妳沒有權利這麼做，但是我並不生妳的氣。我知道妳為我擔心，你們大家都擔心我，因為你們以為我瘋了，永遠找不到平靜。你們甚至可能是對的，但是這本書或許是我唯一能掌握命運、改善生活的途徑，也許甚至再度找到我的幸福，因此對我如此重要。」

「對不起，」她啜泣著：「我偷了你的書，你，我的……我的朋友。」

尤安擁抱她，「沒關係了，阿格妮絲，我已經原諒妳了，真的。」

阿格妮絲在他的懷抱下停留幾秒，然後放開尤安，用襯衫袖子擦眼睛。

「你說要賣掉這本書的時候，我並不確定你有多認真。我以為，這本書，這本《辛歌瓦拉》會繼續阻礙你終於放下過往，以另一種方式追求幸福，而不是用詭異的自言自語以及悲傷的回憶。我覺得這本書被詛咒，被施了魔法。於是我想，它最好消失。永遠。我想燒掉它，但是我後來還是不敢，於是就藏在我的衣櫥裡。畢竟它一定有些價值。」

「我很開心也感謝妳在這個情況下缺乏勇氣。」尤安釋然地說。

阿格妮絲繼續說：「昨晚吃蝦子的時候，我不得不控制自己。面對你，我的良心非常不安。後來晚上我接起電話——當時我還醒著，因為整件事而無法入睡——你問我是否知道那本書在哪裡，我非常開心終於可以停止撒謊了。我希望這本書現在真的能幫助你。」阿格妮絲慚愧地低下頭。

「我也非常期望。古納爾和碧爾吉塔知道這件事嗎？」

尤安把手放在阿格妮絲的肩膀上，她抬頭看著尤安。

「不知道，我什麼都沒對他們說。今天早上我宣稱我不舒服，因此不能一起進廚房。幸好他們相信我的話。大部分的人相信我說的話，因為他們不敢相信我能說謊。哎呀，我也曾偷開古納爾的車。」

尤安微笑著：「如今我知道得比較清楚了。現在妳無論如何應該盡快回到古納爾和碧爾吉塔家去，從噁心感中痊癒。」

這時阿格妮絲也微笑著說：「感謝你，尤安，你是個好人。」

「妳也是。」他說，並且親吻她的臉頰告別，「我們星期四在咖啡館見。對了，妳的長襪皮皮薄荷蛋糕非常受歡迎。」

阿格妮絲穿過院子的時候，他看著她的背影，向她搖手，直到她打開大門走了出去。

他鬆了口氣，從塑膠袋取出《辛歌瓦拉》，把書放在一邊。這個袋子看起來和這本了不起的書難以言欲的不合襯，而書似乎正以它豆綠色封面的裂縫微笑著。他非常感動，幾乎覺得好像在恆久之後重新找到老朋友。然而再度，也許是永遠的告別可能很快就來臨。

「那麼，我們就實現承諾吧。」尤安對自己說，拿起話筒和班特．靈德鴻的名片，坐在廚房桌邊。

班特・靈德鴻聽聞這本書重新出現的時候欣喜不已。尤安告訴他，他的助手很好心，把書收在很後面的一個書架上——為了不讓她落得小偷之名——但是她卻忘了告訴尤安，幸好他們昨天偶然說起這本書，事情才水落石出。

「如果您願意，我可以今天就過去您那裡看看，」班特・靈德鴻建議：「當然是只在您方便的情況下，畢竟今天不僅是星期天，還是**仲夏節**後的週日。」

「啊，我覺得再方便不過。您大可以過來一趟，沒問題。您知道書的價格，並沒有改變。」

「我已經想到了。」靈德鴻先生友善地說：「那麼我在家裡喝完咖啡後就會立刻出發，大約十八點左右到達那裡。當然，我會帶著兩個金幣。」他輕笑著。

「同意，」尤安說：「我讓院子門開著，然後在二手書店裡等您。待會見，再見。」

尤安掛上電話，摩挲著下巴。他覺得自己做錯但同時也做對。做錯，因為他才剛找回消失的《辛歌瓦拉》，也因為這本書其實是他的，黎娜的，是他們共有的書，也是記憶的一部分。究竟可不可以把它拱手讓人呢？

相反的，他覺得做對了，只要想到他和舊書商的約定。這個男人外表纖細瘦削，卻讓人肅然起敬，他的預言——好比如果沒有履行合約，會有某種具威脅性的詛咒等等，如他在卡爾斯塔德跳蚤市場所暗示——讓人不願視為蠢話，即使這些東西當然對任何理性的人皆屬胡言。可是沒有這樣的詛咒。

但是該如何看待這樣一個舊書商，能突然拿出一本多年前就沉在海底的書來賣？尤安覺得實現他的承諾比較好，姑且不論此外還有一筆無法估計的獲利可期。

六點十五分，尤安聽到汽車接近的時候，他正站在二手書店門邊，眨著眼望著夏日夕陽。車停下，車門打開，然後班特．靈德鴻就出現在院子裡。

「您好！很抱歉，稍微遲到，希望您不介意。」

「沒問題，」尤安回答，迎向他，和他握手。「這次您不會無功而返。一定。」

「啊，我上回也不是空手而回，畢竟我們結識對方。」班特．靈德鴻不同意他的話，和他握手。

「請過來，您的《辛歌瓦拉》就在二手書店裡。」尤安邀請他，並且走在前面。

他們一起走進老舊的穀倉，走向櫃檯，尤安就把書放在那裡。班特．靈德鴻把書拿在手裡，然後先用食指小心地撫過封面微笑的裂紋，然後才翻著書頁——

他顯然印象深刻。

「美極了，」他虔誠地說：「只能說美極了。還有這個值得注意的簽名，以及獻詞——獨一無二。」他好奇地看著尤安：「您從哪裡取得這本書？」

「從卡爾斯塔德一個舊書商那裡買來的。」尤安回答。

「原來如此。」班特．靈德鴻說著點點頭。他把手伸進口袋，從絲絨袋取出那兩個金幣，把金幣放在櫃檯上。

「這裡，說好的買賣金額。」

尤安深吸一口氣，然後拿過金幣收起來。

交易結束了。

現在他雖然擁有金幣，但正式不再擁有《辛歌瓦拉》。

班特．靈德鴻小心地闔上書本，看著尤安：「把書賣掉，您不傷心，不覺得奇怪嗎？」

「您怎麼會提到這個？因為我的名字就寫在獻詞裡嗎？」

「這本書對您的意義遠勝於其他書，不是嗎？」班特．靈德鴻追問他。

「我不知道……您怎麼……？您是什麼意思？」尤安結巴。

班特．靈德鴻微笑著，伸手到夾克內袋，取出一張照片。

「如此獨特的書，這麼絕無僅見的定價……以前送人最後一程的船夫獲得兩枚金幣，您知道嗎？難以置信。逝者一去不返，或者畢竟回轉？您知道這是誰嗎？」他把照片放在櫃檯上。

尤安一陣暈眩。一切都在旋轉，他的心猛地一跳。他一隻手拿著照片，另一隻手抓著售貨桌，幾乎無法相信。

「黎娜！」他喊道：「黎娜，我的黎娜！您怎麼認識她？這張照片從哪來？您是誰？」

尤安失去自制力。他腦子裡的想法飛轉著，形成一個漩渦，過去的畫面使漩渦擴大——黎娜，**萊克桑德號**的沉沒，《辛歌瓦拉》，舊書商，金幣，文學人物，黑貴賓和兔子，一切都轉著圈飛翔，不想變成清楚、穩定的畫面。

「尤安！」二手書店門口突然傳來有個女性聲音喊著。

尤安轉身，幾乎不敢相信眼睛。

是她。

黎娜。

他的黎娜。

有如一切都沒發生，就像她從不曾死去。

兩人彼此凝視著彷彿永恆，全身動彈不得。

「她是我的姊妹。」班特．靈德鴻說。

於是他就像解開了什麼，切換了某個開關，尤安和黎娜奔向對方，啜泣著彼此擁抱。然後他們分開來，彼此觸摸，親吻著，又再次擁抱，不可置信地撫過對方的頭髮，擦掉快樂的眼淚，又再次接吻。

「我想，我讓你們獨處吧，」班特・靈德鴻說：「你們一定有許多話要說。」

他把維克多・里德柏克的《辛歌瓦拉》又放回櫃檯，離開二手書店，走進傍晚的陽光中。

這就是尤安應得的報酬嗎？如果是，這個報酬難以計算，德瓦林松先生是個魔法師，《辛歌瓦拉》就是他的神奇之作。真是個難以解釋的奇蹟。

「黎娜，怎麼可能，妳還活著！我的天啊，我以為妳死了！妳去哪兒了？」尤安問她，滿臉親吻著她。

她走向他，雙手捧著他的臉：「你覺得，我們有機會重拾過去這幾年嗎？你覺得我們會有共同的未來嗎？」

「要是我們不試試看就不會知道，」尤安滿是喜悅地回答：「這是我唯一的期望，要是妳不介意和我的一些書分享我。也許還有幾個文學朋友。」他微笑著又說。

「只要我們相愛而且快樂，我毫不在意，」黎娜說：「他們可以拜訪你，隨時都可以。」

「我不知道我是否一直都想要他們拜訪我。」尤安低聲說，接著他大聲說：「首先我想知道發生了什麼事，妳這些年都在哪裡，以及為何我無法找到妳。」

「你會知道的，不過這是個漫長的故事。」她回答，顯然很感動。

「我喜歡長故事。」尤安說。

「即使女主角過去並未說出關於自己的真相，沒有說出真名，沒有說出真正的出身，以及她為何無法找到真愛的原因嗎？」她退縮地說。

尤安深深凝望她的眼睛，直到他覺得觸及她靈魂最深處。終於，他輕輕地點頭說：「是的，就連這種故事也喜歡。」

「我不叫黎娜·貝倫，我……」

「以後再說。」尤安呼出一口氣，緊緊把她抱在懷裡。

「已經過去這麼長一段時間，再多幾個小時也無妨。」然後他吻她，直到他忘記周遭的世界。

終章

這個故事裡有些事情，不管是真的或者只是幻想，還是某種胡思亂想，雖然很想知道，卻無法完全解釋清楚。

黎娜當時確實從**萊克桑德號**甲板掉落，但幸運的，不久之後被一艘漁船救起。這是她一生中最惡劣的半小時。但是這艘漁船受到暴風雨嚴重損壞，船於是漂流著，竭盡全力才在松茲瓦爾北方幾公里處著陸。黎娜一天之內經歷兩次船難，在極度冰冷及黑暗中深受打擊，不僅體溫過低，還導致她暫時失去記憶。她後來在醫院醒過來，再也記不得那些可怕的事故。

但當她恢復神智，他們共同的浪漫故事畫面逐漸重現她眼前，她開始尋找尤安。她有個秘密，當時本來就想在**萊克桑德號**上對尤安吐露，而且正是她把《辛歌瓦拉》送給他的那個晚上。但是船難讓所有計畫落空。

事實上她的名字並非黎娜．貝倫，她瞞著尤安。她的名字是安娜．靈德鴻，正如班特所說，是他的姊妹。

當她在船上認識尤安，安娜正陷在一段艱難關係當中，她甚至已經和男友訂婚。他們原本計畫來年結婚，買房子，組成家庭等等。但是她的男朋友很快就只關心自己，安娜看清他的黑暗面，注意到她只是對方能在網球俱樂部炫耀的漂亮女孩，可以在開幕式吹噓的女人。此外他善妒到令人難以忍受，還不時刺探她，他真的過度癡迷。

安娜很快就受夠他，於是和他暫時分開。**萊克桑德號**的遊輪之旅是她不受干擾思考的機會，考慮她的生活該如何繼續。為了讓沒有人能那麼容易找到她，她就用假名登船。她不可能事先知道後來會怎麼發展。

因為不久後她認識了尤安，兩人陷入愛戀，安娜決定在那個命運之夜告訴他真相。這一夜讓他們分開好長一段時間。

尤安在船難後無法以假名找到她也就不足為奇，安娜也徒勞地尋找他，因為很遺憾，全瑞典最常見的名字就是尤安。安娜雖然知道他來自斯德哥爾摩，但單是當地就有將近五百個名叫尤安．安德松的人。

安娜在醫院裡就和男朋友分手，對方不久後和一個平面媒體模特兒結婚。但是安娜毫不在意，她在一夜之中二度跳船逃離死神，有許多時間思考，她了解到，雖然可以謊稱名字，但如果否定自己的心意，將是最大、最不能原諒的謊言。

安娜後來從哥特堡搬到雙親附近，從那時起就住在烏德瓦拉北方幾公里處。實在瘋狂，居然離尤安那麼近。如果她的兄弟不是書癡，要是他沒看到尤安的報紙廣告，並且在仲夏節順口告訴她，她可能永遠不會知道這回事，也不會和班特一起到尤安的二手書店來。

尤安在廣告上描述「封面上小卻無可混淆的損傷」，以及兩枚金幣的定價……一定是那一本書，安娜當時在于美歐向那個怪異舊書商買的同一本。她幾乎不敢相信自己有多幸運，她深信尤安從**萊克桑德號**帶走了《辛歌瓦拉》——因為否則尤安和書怎麼會湊在一起？

尤安考慮著是否要告訴安娜真相，關於這個神秘的德瓦林松先生，關於沉在海裡的書重新出現的機率有多低（可能被另一個乘客帶上岸，並且完全偶然賣給同一個舊貨商——**不可能**有其他解釋！），還有關於他想像的朋友，他們陪伴他這麼長時間，支持他，引導他（他們當然不存在，只是奇異甚至因心理創傷而產生的想像方式！），關於這一切的真相。

但尤安決定，這一刻述說、經歷奇蹟和各種現象已經足夠，此外他也決定不告訴安娜這一切，今天不要，也許改天，也許一次只說一點，也許永遠都不說。因為現在這一切還有什麼重要性嗎？

尤安八月底由報紙得知，斯德哥爾摩的洛文及艾利克松出版社不得不申請破產，並且提起對負責人馬格努斯·洛文的訴訟。至少根據檢察官的控訴，洛文多年來都偽造公司盈虧，將可觀的金錢匯進他在英屬維京群島的私人銀行帳戶裡。報紙接著寫到，他還用這些錢買了一艘豪華帆船，並以他妻子的名字命名為古妮拉號，目前這艘帆船已經被沒收。他的妻子於是和他離婚，和他們的兩個孩子搬到某個不知名的地方。從相關圈子得知，馬格努斯．洛文還在經濟上支援一個叫帕特里西亞．V的人，此人是律師，也是洛文家族長年知交，是斯德哥爾摩一家企業律師事務所的合夥人。

看到這一切，尤安並不覺得開心，但是給他良好的感受，因為報導讓他清楚看到，要是他在生命中聽了黑貴賓而非兔子的話，將會有什麼下場。

而且還突顯出，夏洛克．福爾摩斯和威廉．巴斯克維爾再次證明他們正確無誤的第六感。阿格妮絲真的把心送出去了，而且是楊安，黑俄德卡斯超市安妮卡（穿著粉紅色圍裙）的兄弟。

雖然只是這個故事微不足道的花邊，但對阿格妮絲的心靈健康很重要。她並不總是快活，而且完全值得擁有這樣的幸福。她和楊安打算來年春天結婚。目前她經常在超市幫忙，但還是繼續烘烤文學蛋糕，夏季在尤安的文學咖啡招呼客人。尤安會和安妮卡，也就是阿格妮絲未來的大姑，一起擔任婚禮證人。灰鶴來得越晚，牠們帶來的改變就越大。而且灰鶴是幸福之鳥。阿格妮絲顯然說中了一切。就連尤安也終於找到幸福，很快將和他親愛的安娜結婚。或許甚至是雙重婚禮，在黑俄德卡斯舉辦相當盛大的慶典。反正古納爾．貝爾提松牧師因為這快速的發展和遠景（為安全起見）已曾一度相當激動。

還有些事正在發生。自從他和安娜重聚之後，尤安再也看不到他想像中的朋友，再也沒有任何一個出現在他面前，是否永遠這樣維持下去，當然沒有人知道，但至少在這一刻，一切又和船難發生前一樣。

然而巨大的謎團依舊存在——外貌如此奇特，名叫德瓦林松的舊書商如何能在多年後讓相愛的安娜和尤安重聚——如果真是他做的好事，而非維克多．里德柏克的書——書如今正安放在尤安收藏品中，獲得尊榮的位置，可能已經失去魔力。

或許這個德瓦林松（如果真的是他的名字）又在瑞典某個地方開了一家二手書店，好比在克利斯丁納漢、埃克舍、歐斯特雄、基俄納或是馬默的舊城區。或是他蹲在某個**跳蚤市場**，在下雨的日子裡，在乳白色棚子下把書包起來，每包售價兩個金幣。但是只賣給他認為值得擁有書的人，因為他們愛書和愛人的程度不相上下。

睜大眼睛尋找好人和好書，永遠都值得這麼做。

否則還有誰會出現在某人面前，在他被眾人拋下，瞬間處在和尤安．安德松一樣的棘手情況下，協助他脫離泥沼？

致謝

我要感謝整個出版社，尤其是編輯寇內尼烏斯·特勞普和依麗莎白·毛勒，以及特別感謝烏麗克·舒德斯。還有我的經紀人尤阿興·傑森，我絕不想忘記提及他的名字。

此外我還想感謝我專注的試讀者湯瑪斯·衛徹以及雷娜特·伍夫—赫爾萊，因為他們誠懇及建設性的批評，以及他們的修正。在此我想實現我的承諾，我曾在相關情況下提及，確實指出，原本書中出現的俗語「要價不菲」（für teuer Geld）出於語言不正確而從書中移除。我享受其中。

我最大也最誠摯的感謝依慣例要獻給我的烏莉，沒有她的點子、啟發，不斷逐章修正閱讀，每日每夜，特別如果沒有從尤安·安德松的故事獲得的無比樂趣，這本書將永遠不會是現在的樣子，對我，希望對讀者也是——成為一本神奇的文學小說。

附錄

出現在主角面前的文學人物及其出處小說：

- 《辛歌瓦拉》封面（維克多．里德柏克）
- 黑貴賓和雲遊大學生，出自《浮士德，一部悲劇》（約翰．沃夫岡．歌德）
- 威廉．巴斯克維爾，出自《玫瑰的名字》（安伯托．艾可）
- 哈利．哈勒爾，出自《荒野之狼》（赫曼．赫塞）
- 白兔，出自《愛麗絲夢遊仙境》（路易斯．卡羅）
- 葛雷哥．山薩，出自《變形記》（法蘭茲．卡夫卡）
- 夏洛克．福爾摩斯，出自《夏洛克．福爾摩斯系列》（亞瑟．柯南．道爾）
- 杜立德醫師，出自《杜立德醫師系列》（修．洛夫亭）
- 長襪皮皮，出自《長襪皮皮系列》（阿思緹．林格倫）

SINGOALLA
AF
VIKTOR RYDBERG
TECKNINGAR AF
STOCKHOLM. ALBERT BONNIERS FÖRLAG.

國家圖書館出版品預行編目資料

心想事成二手書店 / 拉爾斯．西蒙作；麥德文譯.
-- 初版. -- 臺北市：皇冠，2022.05　面；公分. --
（皇冠叢書；第 5024 種）(CHOICE；351)
譯自：Das Antiquariat der Träume

ISBN 978-957-33-3890-1（平裝）

875.57　　　　　　　　111006691

皇冠叢書第 5024 種

CHOICE 351

心想事成二手書店

Das Antiquariat der Träume

作　　者—拉爾斯．西蒙
譯　　者—麥德文
發 行 人—平雲
出版發行—皇冠文化出版有限公司
台北市敦化北路120巷50號
電話◎02-27168888
郵撥帳號◎15261516號
皇冠出版社(香港)有限公司
香港銅鑼灣道180號百樂商業中心
19字樓1903室
電話◎2529-1778　傳真◎2527-0904
總 編 輯—許婷婷
責任編輯—蔡維鋼
行銷企劃—薛晴方
美術設計—Z設計、李偉涵
著作完成日期—2020年
初版一刷日期—2022年05月

法律顧問—王惠光律師

讀者服務傳真專線◎02-27150507
電腦編號◎375351
ISBN◎978-957-33-3890-1
Printed in Taiwan
本書定價◎新台幣340元/港幣113元